つゆだくでお願い

葉月奏太

Souta Hazuki

紅文庫

目次

装幀　遠藤智子

つゆだくでお願い

第一章　人妻は肉食系

1

（いい仕事って、なかなかないもんだな）

吉浦芳雄《よしうらよしお》はハローワークからの帰り道、肩をがっくり落として、重い足を引きずるように歩いている。

八年間、まじめに勤めてきた商社が業績不振で倒産したのだ。突然、無職になり、今は三十歳にして職探し中だ。

当初、新しい仕事はすぐに見つかると高をくっていた。実際、求人はそれなりにある。贅沢《ぜいたく》を言わなければ、すぐにでも決まるだろう。でも、どうせなら少しでも条件のいいところで働きたい。そんなことを考えているうちに、一カ月が過ぎてしまった。

四月になり、街は活気に満ちている。真新しいスーツに身を包んだ若者を見かけるたび、惨めな気持ちになってしまう。自分だけ置いてけぼりを食った気分だ。なにより、無職という状態が不安でならない。誰かに仕事のことを聞かれたとき、答えられないと思うとゾッとした。

（とりあえず、バイトでもするかな……）

ふとそう思った。

正社員の働き口が見つかるまでのつなぎだ。たとえアルバイトでも、無職よりは格好がつくだろう。そんなことを考えていると、腹がグウッと盛大に鳴った。腕時計を見やれば、午後一時をまわったところだ。

（なんか食って帰るか）

歩調を緩めて周囲に視線をめぐらせる。

飲食店はいくらでもあるが、ファミリーレストランにひとりで入るのは苦手だ。ラーメンという気分でもない。たまには違うものが食べたいと思いながら歩いていると、藍色の暖簾《のれん》が目に入った。

白抜きの文字で「牛丼の鈴屋《すずや》」と書いてある。

いつも通っている道だが、どうして今まで気づかなかったのだろう。チェーン店ではなく個人経営の店らしい。間口は狭いが、なんとなく歴史を感じさせるたたずまいだ。

（へえ、いい感じだな）

考えてみたら、牛丼は久しく食べていない。身近すぎて避けていたが、専門店の牛丼だと思うと興味が湧《わ》いてくる。

（よし、ここにするか）

さっそく暖簾を潜《くぐ》り、引き戸を開けた。

一枚板のカウンターが奥に向かって伸びている。テーブル席はなく、カウンターだけの小さな店だ。席は六つで、ほかに客の姿は見当たらない。

「いらっしゃいませ」

朗らかな女性の声が鼓膜を震わせた。

割烹着《かっぽうぎ》に三角巾《さんかくきん》をつけた女性が調理場に立っている。年は三十代なかばといったところだろう。やさしげな瞳をしており、おっとりした雰囲気が漂っていた。

「お好きな席にどうぞ」

彼女は柔らかい声音で告げると、にっこり微笑《ほほえ》みかけてくる。親しみやすい感じがして、芳雄はひと目で惹《ひ》きつけられた。

(きれいな人だな……)

心のなかでつぶやき、いちばん手前の席に腰かける。どうやら、店員は彼女ひとりのようだ。

(女将《おかみ》さん……かな)

すでに興味は牛丼よりも彼女に向いている。

それでも、とにかく注文しようと、メニューに視線を落とす。そこに載っているのは、牛丼の松竹梅、それにビールとオレンジジュースだけ。きっと味に自信があるのだろう。

「じゃあ、牛丼の梅で」

「梅ですね。つゆだくがオススメですよ」

彼女が柔らかい微笑を浮かべる。

艶《つや》やかな唇から放たれた「つゆだく」という言葉が、なぜかひどく淫らに感じられた。

「じゃ、じゃあ、つゆだくでお願いします」

はじめて入った牛丼屋に思いがけず美人の店員がいたことで、気分が高揚している。我ながら単純だと呆《あき》れるが、仕事が見つからずに沈みがちだった心が楽になったのは確かだ。

「牛丼の梅、つゆだくですね。少々お待ちください」

彼女は柔らかい声音で告げると、さっそく調理に取りかかった。

ついじろじろ見てしまう。割烹着に三角巾という親しみやすい姿が、男心をわしづかみにしていた。

（きっと、結婚してるんだろうなぁ）

これほどの美人が独り身とは思えない。たとえ結婚していなくても、恋人はいるだろう。

（そもそも、無職の男なんて相手にするはずないか）

腹のなかで自嘲《じちょう》的につぶやいた。

告白したわけでもないのに、フラれた気分になってしまう。大学を卒業してから、ずっと恋人ができないままだ。もともと奥手で出会いもないので、彼女いない歴八年になってしまった。

「お待たせしました」

さっそく牛丼が出てきた。

たっぷりの牛肉に玉ねぎと豆腐、しらたきやこんにゃくも入っており、ネギが散らしてある。まるで、すき焼きをご飯の上に乗せたようだ。それに味噌汁《みそしる》と漬物もついていた。

「ううんっ、いい匂いだ」

思わずつぶやくと、彼女はうれしそうに微笑んだ。

「特製の割下を使っています。主人が研究を重ねて作り出した秘伝の味なんです」

その言葉で確信する。やはり結婚しているのだ。

（そりゃそうだよな……）

ため息が漏れそうになるのを懸命にこらえる。

どうやら、夫婦でやっている店らしい。これほどの美人を娶《めと》ったのは、いったいどんな男なのだろうか。

「今日は、ご主人はいらっしゃらないのですか」

旦那《だんな》の顔を見たくなり、さりげなさを装って尋ねてみる。

「主人は三年前に亡くなりました」

彼女の唇から予想外の言葉が紡がれた。微笑を浮かべたままだが、無理をして表情を崩さないようにしているようだ。

「す、すみません」

芳雄は割箸《わりばし》を置き、慌てて頭をさげる。

興味本位でよけいなことを訊《き》いてしまった。深く反省するが、彼女は首を小さく左右に振った。

「もう昔のことです。それに、この割下を残してくれましたから」

それを聞いて、彼女がつゆだくを勧めた理由がわかった気がした。

「どうぞ、お召しあがりください」

「は、はい……では、いただきます」

なんとなく重い空気になってしまった。

気を取り直して、緊張ぎみに牛丼を口に運ぶ。とたんに割下の香りが鼻に抜けていく。醬油《しょうゆ》と出汁《だし》が、互いを引き立て合っている。甘さと辛さが絶妙のバランスを保っており、食欲が猛烈に刺激された。

「うまいっ……これ、すごくうまいです」

間違いなく人生でいちばんうまい牛丼だ。夢中になってかきこむと、彼女が目を細めて見つめてきた。

「割下を追加することもできますから、おっしゃってくださいね」

「はいっ」

返事をした直後、芳雄は思わず固まった。

彼女が前かがみになったため、割烹着の襟もとがわずかに開き、白い乳房の谷間がチラリとのぞいたのだ。それは牛丼の味がわからなくなるほど、刺激的な光景だった。

(こ、これは……)

箸を持つ手がとまってしまう。

乳房は雪のように白く、しかも柔らかそうに波打っている。地味な割烹着と艶《なま》めかしい谷間のギャップがたまらない。偶発的な出来事だけに、なおさら衝撃は大きかった。

（み、見ちゃダメだ）

芳雄は懸命に視線を引き剝《は》がしにかかる。

彼女は気づいていないが、だからといって見つづけるのは心が痛んだ。そのとき偶然、壁の張り紙が目に入った。

——アルバイト募集。

ちょうどアルバイトを探そうと思っていたところだ。ここなら自宅からも近いし、なにより美人女将といっしょに働ける。それだけで充分だ。

「なかなか決まらないんです」

芳雄が張り紙を見ていることに気づいて、彼女が説明してくれる。

すでにアルバイトはいるが、その人は週三日ほどしか入れないので、もうひとり募集しているという。昼時はサラリーマンで混雑するらしい。テイクアウトもやっているので、彼女ひとりではきついようだ。

「俺、働きたいです」

勢いにまかせて口走っていた。

仕事内容はわからないが、とにかく彼女の隣に立って働きたい。早い話がひと目惚《めぼ》れだ。しかし、言った直後に失敗したと思う。さすがに唐突すぎて引かれたのではないか。ところが、なぜか彼女は瞳を輝かせていた。

「働いてもらえるんですか」

まだ芳雄がどこの誰かもわからないのに、彼女は乗り気になっていた。

よくわからないが、ここは一気に押しきるしかない。芳雄は早口で自己紹介をする。住所氏名はもちろん、勤めていた商社が倒産して、今は職探し中だということもすべて正直に話した。

すると、彼女もあらたまった様子で名乗ってくれた。

鈴村美和子《すずむらみわこ》、三十五歳。夫は三年前に病気で亡くなっている。現在はオーナー兼女将として、この牛丼屋を切り盛りしていた。

「夫が逝ってしまったときは、閉店することも考えました。でも、あの人が作りあげた味を守っていきたくて……」

美和子はこみあげてくるものをこらえるように、下唇を小さく嚙《か》んだ。

夫が開発した秘伝の割下を、なにより大切にしているのだろう。だからこそ、牛丼を褒められることが喜びになるのではないか。先ほども、牛丼を頰張《ほおば》る芳雄をうれしそうに見つめていた。

「吉浦さんも大変なのですね。採用です」

「えっ……い、いいんですか」

「働きたいという意欲が伝わってきました。なにより、うちの味をわかってくださる方に働いていただきたいです。今度、履歴書を持ってきてくださいね」

やさしい言葉に胸が熱くなる。芳雄は思わず椅子から立ちあがると、腰を深々と折った。

「あ、ありがとうございます」

「ふふっ、おおげさですね」

美和子が笑ってくれるから、芳雄も口もとを微《かす》かに緩める。ますます彼女に惹きつけられた。

「それで、いつから働いてもらえますか」

「いつからでも……なんだったら、今すぐでも大丈夫です」

前のめりになって告げると、美和子は目を細めて微笑んだ。

ふと空まわりしていることに気づいて恥ずかしくなる。顔がカッと熱くなり、赤面していることを自覚した。

「す、すみません……俺、なにもできないのに……」

飲食店で働いた経験はない。やる気はあっても、最初は足手まといになるだけだろう。

「謝らないでください」

美和子はカウンターから出てくると、隣の席に腰かける。そして、芳雄の横顔をまじまじと見つめてきた。

「吉浦さんのまじめなところ、主人の若いころにそっくりです」

そう言われて、複雑な気持ちがこみあげる。芳雄がアルバイトに採用された本当の理由がわかった気がした。

(俺に、旦那さんを重ねてるのか……)

最初から期待などしていない。それでも、一抹の淋《さび》しさに襲われた。

そのとき、またしても割烹着の胸もとが目に入った。美和子が隣に来たことで、上から見おろす格好になっている。柔肌が形作る谷間はもちろん、純白のブラジャーまで確認できた。

「が、がんばって働きます」

懸命に前を向いて力強く言いきる。しかし、視界の隅には乳房の谷間がしっかり映っていた。

「お仕事が見つかるまで、よろしくお願いしますね」

美和子がすっと手を握りしめてくる。

深い意味などあるはずがない。美和子は心やさしい女性だ。きっと、職探し中の芳雄を応援してくれているのだろう。それでも、柔らかい手で包みこまれてドキリとした。

(ああっ、美和子さん……)

これほど魅力的な未亡人がいるだろうか。

五つ年上の三十五歳だが、それくらいの年齢差は問題ない。出会って三十分ほどしか経《た》っていないが、芳雄はすっかり彼女の虜《とりこ》になっていた。

「これから、少しお時間あるかしら」

午後二時にいったん店を閉めて、夜の仕込みに入るという。そして、午後六時から再び店を開けるらしい。

いから」

「厨房《ちゅうぼう》のなかだけでも説明しておきたいの。お客さんが来ない時間のほうがい

「もちろん、大丈夫です」

芳雄は食べかけの牛丼を一気にかきこんだ。

「急《せ》かしたみたいでごめんなさい」

眉を八の字に歪《ゆが》めて謝ってくる。そんな彼女の表情も魅力的で、ますます心が惹きつけられた。

「いえ、俺も早く仕事を覚えたいんで」

下心がまったくないと言えば嘘《うそ》になる。だが、どこか儚《はかな》げな雰囲気の未亡人を助けたい。彼女の力になりたいという気持ちになっていた。

やがて、午後二時の閉店時間を迎えた。美和子は暖簾をさげて店を閉めると、芳雄を呼んで厨房に入った。

「すごく狭いの」

確かに美和子が言うとおり、カウンター内は思った以上に窮屈だ。

手前にシンクと調理台、その向こうにガスコンロがある。大きな鍋がふたつ

置いてあるが、秘伝の割下が入っているのだろうか。さらにその奥の突き当たりに、洗いもの専用のシンクがあった。

「ここに立ってみて。ほら、すれ違うのも大変でしょう」

言われるまま調理台の前に立つと、美和子が背後を通ろうとする。壁を向いてカニのように横歩きするが、スカートに包まれた豊満なヒップが芳雄の尻に触れた。

（おっ……あ、当たってるぞ）

熟れ尻の柔らかさが伝わってくるが、彼女は気にしている様子がない。

「だから、こういうときは──」

美和子はいったん戻ると、今度は芳雄と同じほうを向き、再び横歩きで背後を通る。すると、大きな乳房が背中に触れて、プニュッとひしゃげた。

「このほうが通りやすいから、覚えておいてね」

美和子が真後ろから語りかけてくる。そのとき、息が耳に吹きかかり、ゾクゾクするような快感が走った。

「うっ……は、はい」

懸命に平静を装って答える。しかし、耳に残る熱い感覚は、いつまでも消えなかった。

「吉浦さんには、まず洗いものをお願いしようと思っています」

背後を通り抜けた美和子は、何事もなかったように仕事の説明をする。洗い場に立ち、丁寧に手順を教えてくれた。

(これは最高のバイトを見つけたぞ)

もしかしたら、運が向いてきたのかもしれない。芳雄は真剣な顔でうなずきながら、美和子の乳房と尻の感触を何度も思い返していた。

2

翌日、アルバイトの初日を迎えた。

オーナー兼女将の美和子にひと目惚れして、衝動的に決めた牛丼屋のアルバイトだ。しかし、現実は甘くない。仕事は想像以上に過酷で、美和子の横顔を眺める暇もなかった。

洗い場に立ち、次々と運ばれてくる丼とお椀《わん》を洗いつづける。すぐに腰が痛くなるが、食器の数に限りがあるので休んでいる暇はない。牛肉の脂を洗い流すため、高温の湯を使うのもつらかった。

たった六席しかないのに、昼時は凄《すさ》まじい回転率だ。客はサラリーマンがほとんどで、あっという間に食べ終えて帰っていく。そして、途切れることなく次の客がやってくるのだ。昼の十二時から一時までは、まるで嵐のなかにいるようだった。

（ううっ、腰が……）

ようやく客足が落ち着き、芳雄は体を起こして腰を伸ばした。

「お疲れさま、大変だったでしょう」

美和子がやさしく声をかけてくれる。今日も割烹着に三角巾という姿で、ほっこりする微笑を浮かべていた。

「ぜんぜん、大丈夫です」

とっさに表情を引きしめる。

彼女の前で格好悪い姿を見せたくない。腰の筋肉が凝り固まって痛むが、慌てて余裕のふりをした。

「まだ慣れていないから、くれぐれも無理はしないでくださいね」

「はい、ありがとうございます」

美和子に気遣ってもらえるのが、なによりうれしい。たったそれだけで、疲れが一気に吹き飛んだ。

「もう一度、紹介しておくわね」

そう言って、美和子はもうひとりのアルバイトを呼び寄せた。

「ギリギリに来ちゃったから、挨拶《あいさつ》もできなくてごめんなさい」

明るい声が印象的な女性だった。

開店前に顔を合わせたが、時間がなくてほとんど話していない。彼女はあらためて名乗ってくれた。

大場《おおば》京香《きょうか》、三十二歳の人妻だという。白いTシャツにジーパンを穿《は》き、その上に胸当てのある赤いエプロンをつけている。美和子は割烹着だが、服装に決まりはないようだ。京香の髪は明るい茶色で、気さくな雰囲気の彼女によく似合っていた。

京香は美和子の夫が亡くなった直後、三年前からアルバイトをしているという。しかし、家事との両立が大変なので、最近は出勤日数を週三日ほどに抑えているらしい。そのため、もうひとりアルバイトを募集したところ、芳雄に決まったというわけだ。

「よ、よろしくお願いします」

緊張で声がかすれてしまう。

彼女も整った顔立ちをしている。しかも、エプロンで覆われた胸もとが大きく盛りあがっているのだ。ジーパンは肌にぴったりフィットしており、尻のまるみだけではなく、太腿《ふともも》の艶めかしいラインも浮き出ていた。

匂い立つような女体が気になって仕方がない。それでも、芳雄はなんとか平静を装って自己紹介した。

「吉浦くんね。よろしく」

京香が口もとに笑みを浮かべる。目が合うと意味もなくドキリとした。

「わたしは出かけるから、あとは京香ちゃんに教わってね」

美和子が声をかけてきた。

今から食材の仕入先をまわり、午後の営業がはじまるまでに戻ってくるという。

(京香さんとふたりきりか……)

そう思うだけで、胸の鼓動が速くなった。

午後二時から六時まで、いったん店を閉めて仕込みの時間になる。普段は基本的に美和子がひとりでやっているらしい。だが、今日は別の仕事が入ったため、京香が任されていた。三年も働いていると、仕込みもできるようになるのだろうか。

「じゃあ、さっそく教えるわね」

京香が楽しげに語りかけてくる。

この時間は客が来ないのでいくらか気楽だが、人妻とふたりきりというのは別の緊張があった。

「あの……教えるって、なにを……」

「仕込みに決まってるでしょう」

京香は当たり前のように言って、ガス台に置いてある鍋をのぞきこんだ。

「俺も、仕込みを覚えないといけないのでしょうか」

遠慮がちに尋ねてみる。できれば洗いものに専念したい。仕込みは責任が重すぎる。アルバイトの自分にできるはずがない。

「美和子さんの負担を少しでも軽くしてあげたいの。そんなにむずかしくないから、がんばって覚えてくれないかな」

今日のように、仕事で外に出ることもある。そんなとき、代わりに仕込みのできる者がいれば、美和子の負担が減るという。

「美和子さんのため……ですか」

その言葉が芳雄の胸に響いた。

そもそも美和子にひと目惚れして、この店でアルバイトをすることにしたのだ。仕事が見つかるまでのつなぎとはいえ、手を抜くことはできない。一日でも早く仕事を覚えて、美和子の力になりたい。

「割下の作りかたは美和子さんしか知らないの。わたしたちがやるのは、簡単に言えば下準備ね。まずは玉ねぎを切るわよ」

京香は玉ねぎを剝《む》くと、庖丁《ほうちょう》で手ぎわよく切ってみせた。

「やってみて」

「は、はい」

見よう見まねで玉ねぎを剝き、まな板の上で切ろうとする。ところが、それを見て京香が声をかけてきた。

「ちょっと、待って。庖丁、持ったことないの」

「じつは、あんまり……」

言葉を濁すが、実際はほとんど触ったことがない。一応、アパートにはあるが、最後に使ったのがいつなのか思い出せないほどだ。ひとり暮らしだが、自炊はまったくと言っていいほどやっていなかった。

「料理しないでしょ」

「インスタントラーメンなら作れます」

「それは料理とは言わないわ」

京香は首を左右に振り、呆れたようにつぶやいた。

「がんばって覚えますから……」

せっかく決まったアルバイトだ。なんとかして、最低限のことはできるようになりたい。

「仕方ないな。まずは庖丁の握りかたね」

京香が背後にまわりこんでくる。そして、庖丁を握っている芳雄の右手に手をかぶせてきた。

「しっかり握るのよ。左手は食材ね」

左手にも彼女の手が重なってくる。

そうすることで、身体が密着してしまう。うなじから耳の裏にかけて、彼女の吐息を感じていた。

（こ、これは……）

乳房が背中に押しつけられている。服の上からでも、柔らかい感触が伝わってきた。

「自分の指を切らないように気をつけて……」

「こ、こうですか」

「そう、いい感じよ」

指示されるまま玉ねぎを切っていく。教えてもらえば、それほどむずかしいことではない。だが、それより密着している女体が気になった。

（こ、このままだと……）

懸命に意識をそらそうとするが、どうにもならない。しかも、厨房が狭いため、股間が調理台の縁に当たるのも刺激になってしまう。

（うっ……や、やばいっ）

ついにペニスが反応して、むくむくとふくらみはじめた。

「吉浦くん……」

京香が異変に気づいたらしい。顔をのぞきこまれて、冷や汗がどっと噴き出した。

（ば、ばれる……）

思わず全身が硬直する。

庖丁の使いかたを教わっているうちに勃起してしまった。しかも、顔を見つめられて、絶体絶命の状況に陥っていた。

「どうしたの、汗だくじゃない」

京香が不思議そうに首をかしげる。

どうやら、まだ勃起に気づいていないらしい。しかし、スラックスの前は大きく盛りあがっている。京香が股間を見たら一発でばれてしまう。

「い、いや……な、なんでもないです」

必死にごまかそうとするが、大量に噴き出す汗をとめられない。芳雄に異変が起きているのは明らかだ。

「もしかして……」

京香が目をじっと見つめてくる。もうごまかせないと覚悟を決めた。

「刃物が怖いのね」

「えっ……」

「慣れない庖丁を持って緊張したんでしょう」

「じ、じつは……そ、そうなんです」

まったく的はずれだが、とっさの判断で同意する。勃起が鎮まるまでの時間稼ぎだ。

「じゃあ、玉ねぎはもういいわ。少しずつ慣れていってね」

京香はカウンターから出ると、客席にまわった。

「吉浦くんもこっちに来て」

「は、はい」

勃起しているので歩きづらい。股間をチラリと見おろせば、あからさまにふくらんでいる。狭い厨房ではごまかせたが、客席に出るのは危険だ。だが、京香が瞳でうながしてくる。

（や、やばいぞ……）

少しでも勃起を隠そうと、不自然に腰を引いた格好でカウンターをまわりこむ。すると、京香が怪訝《けげん》な瞳を向けてきた。

「腰でも痛いの」

「え、ええ、まあ……」

またしても全身の毛穴から汗が噴き出す。その直後、彼女の瞳が股間に向いていることに気がついた。

「ちょっと、それ……」

京香が目を見開いて固まる。

「い、いや、こ、これは……す、すみません」

見られてしまった以上、ごまかしようがない。

両手で股間を覆い隠してうつむいた。仕事を教えてもらっていたのに、不謹慎にも勃起していたのだ。このことが美和子の耳に入れば、間違いなくクビになるだろう。

（最悪だ……）

肩をがっくり落としたそのとき、含み笑いが耳に届いた。

「ちょっと、からかっちゃった」

京香が楽しげに見つめてくる。芳雄は意味がわからず首をかしげた。

「吉浦くんの反応がかわいいから、くっついてみたの」

そのひと言でようやく理解する。

どうやら、わざと身体を密着させて、乳房を押しつけていたらしい。芳雄が困惑する様子を楽しんでいたのだ。

「ドキドキしたでしょ」

「ひ、ひどいじゃないですか」

思わず抗議するが、京香は悪びれた様子もなくニヤリと笑う。

「もちろん、責任は取るわよ」

そう言って芳雄の下半身に手を伸ばしてくる。

慣れた感じでベルトを緩めると、スラックスのホックをはずして、ファスナーをジジッとおろしはじめた。

3

「な、なにを……」

芳雄がとまどいの声を漏らした直後、スラックスとボクサーブリーフがまとめて足首まで引きさげられた。

「うわっ」

とたんに屹立《きつりつ》したペニスが勢いよく跳ねあがる。

芳雄は慌てふためくが、どうにもならない。仕込み中で客が入ってこないとはいえ、牛丼屋で男根をさらしているのだ。しかも、これでもかと勃起しており、太幹にはミミズのような血管まで浮かびあがっていた。

「あンっ、すごいわ」

京香の眼差《まなざ》しが、剝き出しになったペニスに注がれる。

その熱い視線を感じただけで、さらに硬くなってしまう。亀頭の鈴割れからは、透明な汁がジクジクと滲《にじ》み出していた。

「もうこんなに濡らして……見られただけで感じちゃったのね」

京香が楽しげに尋ねてくる。

だが、芳雄に答える余裕などあるはずがない。すると、白魚のようにほっそりした指が、野太く成長した肉竿に巻きついてきた。

「ううっ」

その瞬間、快感が湧き起こり、股間から四肢の先まで痺《しび》れるような愉悦が走り抜けていく。

「すごく硬い……わたしで興奮してくれたのかな」

いつしか京香の瞳がねっとり潤んでいる。息遣いも荒くなっており、彼女も昂《たかぶ》っているのは明らかだ。

「ど、どうして……こんな……」

芳雄はやっとのことで言葉を絞り出す。突然すぎて、なにが起きているのか理解できない。

「最近、夫とご無沙汰なのよね」

京香はペニスをゆったりしごきながら語りはじめる。

「夫に浮気されちゃったの。若い女に入れこんでるのよ。それで、相手にしてもらえないの」

これまでとは異なり、声のトーンが落ちている。悲しみが滲んでいる気がして、芳雄は思わず黙りこんだ。

「だから、吉浦くんが興奮してくれて、すごくうれしかったの」

京香はそう言って淋しげに視線をそらす。それでも、右手はしっかり太幹を握っていた。

「惨めでしょう……笑っていいのよ」

「わ、笑うなんて……」

絶えず快感を送りこまれているので、かすれた声になってしまう。それでも、なんとか語りつづける。

「きょ、京香さんみたいに素敵な人がいるのに……だ、旦那さんの気が知れません」

「ありがとう……お世辞でもうれしいわ」

大量に溢《あふ》れる我慢汁が、彼女の指を濡らしていく。それでも、構うことなくヌルヌルと擦《こす》られた。

「お、お世辞なんかじゃ……くううッ、きょ、京香さんっ」

我慢汁が潤滑油となり、股間から湿った音が響き渡る。動きはゆったりしているのに、今にも暴発しそうなほど射精欲がふくらんでしまう。

「吉浦くんって、やさしいのね。ああっ、こんなに硬くなってるわ」

「も、もう……お、俺……」

「まだイッちゃダメよ。じっくり楽しみましょう」

ふいに京香の瞳が妖《あや》しい光を放ちはじめた。

「こ、ここじゃ、まずいですよ」

芳雄はとまどいの声を漏らすが、京香はまったく聞く耳を持たずにペニスをしごきつづける。細い指を太幹に巻きつけて、ニュルニュルとテンポよく滑らせていた。

「大丈夫よ。入口には鍵《かぎ》をかけてあるから」

京香は唇の端に笑みさえ浮かべている。

確かに、女将が出かけるとき、暖簾をさげて引き戸に鍵をかけていた。客が入ってくることはないが、ここが店だと思うと落ち着かない。それなのに、なぜかペニスは硬くそそり勃《た》っていた。

「吉浦くんは彼女いるのかしら」

「い、いえ……」

「それならいいじゃない。オチ×チン、こんなに硬くなってるわよ」

「そ、それは、京香さんが……」

「ふふっ、たまってるんでしょう」

京香は男根から手を放すと、芳雄のシャツのボタンをはずしはじめる。

あっという間に奪われて上半身裸になり、さらに靴も脱がされる。足首にからまっていたスラックスとボクサーブリーフも抜き取られて、芳雄は裸になってしまった。

「や、やっぱり、まずいですって」

内股になってつぶやくが、彼女は余裕の笑みを浮かべている。ねっとり潤んだ瞳で、芳雄の目を見つめてきた。

「こういうのもスリルがあっていいじゃない。吉浦くんだって、本当は興奮してるんでしょう」

京香の指が再び太幹にからみついてくる。彼女は牛丼屋の店内という状況すら楽しんでいた。

「ああっ、硬い、夫よりずっと硬いわ」

浮気をしている夫への当てつけだろうか。京香は積極的に指をスライドさせて、ペニスに甘い刺激を送りこんできた。

「くうウッ、そ、そんなに擦られたら……」

「あンっ、まだダメよ」

芳雄が訴えると、京香は太幹から手をパッと放してしまう。そして、楽しげに目を細めながら見つめてくる。

「感じやすいのね。一回、出しておいたほうがいいかしら」

京香は独りごとをつぶやき、なにやら思案している。いったい、なにを考えているのだろうか。

(俺、どうなっちゃうんだ……)

胸のうちで期待と不安が交錯している。

今さら後戻りできない。流されるまま裸に剝かれて、暴発寸前まで欲望が高まっている。まずいと思う一方で、快楽を欲している自分もいた。

「ねえ、座って」

うながされて椅子に腰かける。すると、京香が目の前にしゃがみこんだ。

「すごく大きいのね」

至近距離から男根を見つめてくる。彼女がしゃべるたび、熱い吐息が亀頭を撫《な》でた。

「カリもこんなに張り出して……ああっ、夫よりずっと立派よ」

昂った声でささやくが、なぜか京香は触れようとしない。ペニスは快楽を求めて、新たな我慢汁を噴きこぼす。

「こんなに濡らして……触ってほしいのね」

京香の吐息が亀頭に吹きかかる。それだけで、背すじがゾクゾクするほどの快感が突き抜けた。

「きょ、京香さん……お、俺、もう……」

たまらず情けない声が漏れてしまう。

芳雄は裸で椅子に座った状態で、勃起したペニスに熱い息を吹きかけられている。欲望をさんざん煽《あお》られて、先ほどから我慢汁がとまらない。亀頭も竿《さお》もヌラヌラと濡れ光っていた。

「お漏らししたみたいよ。ずいぶん興奮してるのね」

肉厚の唇がペニスに近づいてくる。しかし、触れる寸前でとまり、またしても息を吹きかけられた。

「ううッ、も、もう我慢できませんっ」

たまらず腰をよじって訴える。すると、京香は口もとに妖しげな笑みを浮かべた。

「気持ちよくしてほしいのかしら」

「は、はい、気持ちよくしてほしいです」

焦《じ》らしに焦らされて、もう、これ以上は耐えられない。恥も外聞もなく告げると、京香は満足げにうなずいた。

「じゃあ、いっぱい気持ちよくしてあげる」

椅子に座った状態で、膝《ひざ》を左右に押し開かれる。京香は姿勢を低くして、芳雄の股間に顔を寄せてきた。

「な、なにを——ううぅッ」

思わず呻《うめ》き声が溢れ出す。いきなり、陰嚢《いんのう》を舐《な》めあげられたのだ。とたんに快感がひろがり、屹立しているペニスがビクッと跳ねた。

「やっぱり敏感なのね。楽しませてもらうわよ」

京香は弾むような声でつぶやき、さらに舌を陰嚢に這《は》いまわらせる。肛門の近くからねっとり舐めあげて、皺袋《しわぶくろ》に唾液を塗りこんできた。

「うッ……ううッ」

快楽の呻き声を抑えられない。陰嚢がこれほど感じるとは知らなかった。

「いい声が出てきたじゃない。もっと喘《あえ》がせてあげる」

我慢汁がどんどん溢れるが、京香は肉胴に触れようとしない。皺袋だけを執《しっ》拗《よう》に舐めまわし、さらには口に含んでしゃぶりはじめた。

「そ、そんなことまで……おううッ」

人妻の口のなかに陰嚢が完全に収まっている。双《ふた》つの睾丸《こうがん》を舌でやさしく転がされて、たまらず内腿が小刻みに痙攣《けいれん》した。

「ピクピクしちゃって、かわいいわ。もっと、いじめたくなっちゃう」

京香は含み笑いを漏らすと、舌先をペニスの裏側に這わせてくる。触れるか触れないかのフェザータッチだ。敏感な裏スジを舐めあげられて、くすぐったさと焦れったさがミックスされた快感がひろがった。

「くううッ」

「ふふっ、こういうのも気持ちいいでしょう」

京香は裏スジを刺激しながらささやいてくる。舌先がカリ首に到達すると、再び根元から舐めあげることをくり返した。

「ううッ……きょ、京香さんっ」

さらに強い刺激を欲して呼びかける。すると、彼女は股間からうれしそうに見あげてきた。

「どうしてほしいのか、ちゃんと言って」

瞳がますます妖しい光を放っている。男を嬲《なぶ》ることで興奮しているのは明らかだ。

「も、もっと……」

芳雄は椅子に座った状態で、己の股間を見おろした。

目の前には、赤いエプロンをつけた京香がしゃがんでいる。三十二歳の人妻が、夫以外のペニスを舌先で弄《もてあそ》んでいるのだ。

「ねえ、どうしてほしいの」

京香は芳雄の顔を見あげながら、裏スジをじりじり舐めあげてくる。カリ首の周囲にも舌先を這わせて、焦れるような快感を送りこんできた。

「もっと……き、気持ちよく……」

「気持ちよくって、こういうことかな」

ついに京香の舌が亀頭に到達する。我慢汁にまみれているが、構うことなく舌を這わせてきた。

「ぬううッ」

まるでソフトクリームを舐めるような舌遣いだ。呻き声が溢れて、両脚がつま先までつっぱった。

「すごい反応、先っぽが気持ちいいのね」

舌先が亀頭の鈴割れをくすぐってくる。尿道口をチロチロ舐められて、腰が小刻みに震え出す。

「そ、そこは……うううッ」

確かに気持ちいいが、これだけでは射精できない。ただ、快楽だけが大きくふくらんでいく。

「またお汁が溢れてきたわよ」

京香は太幹の根元を指で軽く支えて、亀頭だけを舐めまわしてくる。射精しないように、きわどい快感だけを送りこんできた。

「き、気持ちいい……ううッ、気持ちいいっ」

感じているのに射精させてもらえない。ペニスは破裂しそうなほど張りつめて、我慢汁ばかりが溢れている。ここが牛丼屋だということを忘れたわけではないが、もう発射したくて仕方ない。

「あンっ、すごい量……はああンっ」

京香の昂った声とピチャッ、ニチュッという湿った音が反響する。滾々《こんこん》と溢れる我慢汁を、舌先で掬《すく》いあげては嚥下《えんか》しているのだ。だが、それでは追いつかなくなり、彼女は唇を亀頭の先端に密着させた。

「ちょ、ちょっと――くううッ」

猛烈に吸われて、尿道にたまっていた我慢汁を吸われていく。たまらず股間を突き出し、腰をビクビクと震わせる。

「き、気持ちいいっ」

魂まで吸い出されるかと思うほどの快感が走り抜けていく。それなのに、いつまで経っても射精できない。頭のなかが熱く燃えあがり、全身の毛穴から汗がどっと噴き出した。

「も、もうっ、もう無理ですっ」

「なにが無理なの」

京香が舌を伸ばして、尿道口をくすぐりながら尋ねてきた。

「お、お願いですから……しゃ、しゃぶってください……フェ、フェラチオしてください」

情けない声で懇願する。勃起したペニスを口に含んでほしい。思いきり首を振り、めちゃくちゃに吸いまくってほしかった。

「やっと言ってくれたわね」

京香は片頬に笑みを浮かべると、ついに亀頭をぱっくり咥《くわ》えこんだ。

「おおッ……」

芳雄はたまらず呻き声を漏らして、全身の筋肉を硬直させる。ペニスの先端が、人妻の熱い口内に呑《の》みこまれたのだ。

（お、俺のチ×ポを、京香さんが……）

柔らかい唇がカリ首を挟みこみ、やさしく締めつけてくる。たったそれだけで強烈な快感が押し寄せて、射精欲がふくれあがった。

「あふンンっ」

京香は亀頭を口に含むと、鼻を甘く鳴らした。

そして、張りつめた肉の塊を、まるで飴玉《あめだま》のように舐めまわしてくる。我慢汁にまみれているのに、さもうまそうに舌を這わせては、ジュルルッと吸いあげて嚥下した。

「き、気持ちいいっ、もっと……もっと奥まで……」

「ンっ……ンンっ」

芳雄の声に応《こた》えるように、京香が顔をゆっくり押しつけてくる。カリ首に密着していた唇が、肉胴の表面を滑って根元まで呑みこんでいく。

「す、すごいっ、おおおッ」

強烈な快楽が全身に蔓延《まんえん》して、とてもではないが黙っていられない。唾液と我慢汁がヌルヌル滑るのが心地いい。太幹を擦られて、ペニスが蕩《とろ》けるような快楽がひろがっていく。

(す、少しでも長く……ぬうううッ)

快楽を持続させようと、慌てて下腹部に力をこめる。

なんとか射精欲を抑えこむが、気を抜くとすぐに暴発しそうだ。射精したくてたまらなかったのに、いざその瞬間が迫ってくると耐えようとする。この快楽に少しでも長く浸っていたいと思ってしまう。もったいなくて、すぐには射精したくなかった。

「あふっ……むふっ……はむンっ」

京香が首をゆったり振り、肉棒全体を唇で擦りあげる。スローペースで何度もスライドするたび、快感の波がどんどん大きくなっていく。

（まさか、こんなことが……）

芳雄は信じられない思いで、自分の股間を見おろしている。

勤務先の商社が倒産して、牛丼屋でアルバイトをはじめた初日だ。先輩アルバイトの京香に仕事を教わっていたはずなのに、いつの間にかフェラチオされている。店内で裸になり、カウンター席に腰かけてペニスを念入りにしゃぶられているのだ。

彼女が頭を振るたび、唾液の弾《はじ》けるねちっこい音が響き渡る。スピードが速くなり、快感が急速にふくれあがっていく。

「ううッ、も、もうダメだっ」

最後の瞬間が迫っている。震える声で告げると、京香はますます首を激しく振り立てた。

「ンッ、ンッ、ンンッ」

「おおおッ、で、出るっ、出る出るっ、くおおおおおおッ！」

たまらず雄叫《おたけ》びをあげながら、思いきり欲望をぶちまける。人妻の唇で太幹を締めつけられて、熱い精液をドクドクと放出した。

4

（き、気持ちいい……最高だ）

芳雄は快楽にまみれながら、心のなかでつぶやいた。

人妻の唇に咥えられたままのペニスは、まだ小刻みに震えている。精液をたっぷり放出して、絶頂の余韻に浸っていた。

「ンンっ……ンンっ」

京香は口に注ぎこまれたザーメンを一滴残らず嚥下する。喉をコクコク鳴らして、さもうまそうに飲みこんでいった。

「はぁっ……」

亀頭をねっとり舐めまわすと、京香はようやく男根を解放する。見あげてくる瞳は潤んでおり、彼女も興奮しているのは間違いない。

「すごく濃かったわ」

京香はうっとりした様子でつぶやき、指をまわしたままのペニスを軽く締めつけた。

「ううっ……」

射精した直後で敏感になっている。思わず声を漏らすと、彼女は楽しげに目を細めた。

「まだ硬いじゃない……ああンっ、素敵よ」

濡れた瞳が爛々《らんらん》と輝き出す。

京香は浮かれた声でつぶやき、ペニスの硬度を確かめるように軽く擦ってくる。全体に彼女の唾液が付着しているため、ヌルヌルと滑って妖しい感覚がひろがった。

「ま、待って、イッたばっかりだから……」

絶頂の余韻に浸っている間もなく、ペニスをゆったりしごかれる。下降するはずの快感曲線は、いまだに頂上付近をキープしていた。

「ううッ、ちょ、ちょっと……」

「まだビンビンよ。もっとしてほしいのね」

「い、いや、今は……くううッ」

　とくに敏感なカリ首を集中的に擦られる。人妻のほっそりした指が、執拗にペニスをしごいていた。

「遠慮しなくていいのよ」

　京香が再び男根を咥えこんでくる。大量に精液を放出したのに、またしてもしゃぶられてしまった。

「そ、そんな、また……おおおッ」

　射精直後のフェラチオだ。強烈な快感の波が押し寄せて、唸《うな》ることしかできない。全身の筋肉が感電したようにヒクヒク痙攣する。強制的に愉悦を送りこまれて、頭の芯《しん》まで痺れていく。

「あふッ……むふッ……はむッ」

　京香はリズミカルに首を振り、片時もペニスを休ませようとしない。唇で肉胴をしごきながら、亀頭に舌を這いまわらせてきた。

「も、もうっ……くあああッ」

またしても我慢汁が溢れ出して、全身がガクガク震えはじめる。瞬く間に射精欲がふくらみ、今にも暴発しそうだ。

「おおッ、ま、また……また出ちゃうっ」

たまらず訴えると、彼女は唇をすっと離してしまう。いきなり解放されて、屹立したペニスが虚《むな》しく揺れた。

「まだイッちゃダメよ」

京香は濡れた唇を指先で拭《ぬぐ》うと、ゆっくり立ちあがった。

「今度は、わたしも楽しませてね」

ささやく声はこれまでにないほど艶めいている。

唾液で濡れた人妻の唇がやけに色っぽい。先ほどまで、あの唇と舌でペニスを愛撫《あいぶ》されていたのだ。瞳は妖しく潤み、呼吸も乱れている。彼女も興奮しているのは明らかだ。

「きょ、京香さん……お、俺、もう……」

芳雄は呻くようにつぶやいた。

すでにフェラチオで一度射精しているにもかかわらず、ペニスはかつてないほど屹立している。亀頭はまるで水風船のようにパンパンに張りつめて、竿も野太く成長していた。

「すごく大きいのね。見ているだけで濡れてきちゃう」

京香が期待に満ちた瞳で男根を見つめてくる。

エプロンをはずすと、腕をクロスさせてTシャツの裾《すそ》を指先で摘まむ。そして、まるで見せつけるように、ゆっくりまくりあげていく。白い腹と縦長の臍《へそ》が見えてくる。くびれた腰の曲線も露《あらわ》になり、さらには生活感あふれるベージュのブラジャーが現れた。

Tシャツが頭から抜き取られて、タイトなジーパンに上半身はブラジャーだけという格好になる。双つの乳房がカップで中央に寄せられて、白くて魅惑的な谷間を形作っていた。

「おおっ……」

無意識のうちに唸ってしまう。芳雄はいつしか前のめりになり、人妻の柔肌を凝視していた。

「そんなに見つめられたら、脱げなくなっちゃうわ」

京香は恥ずかしげに肩をすくめるが、どこかうれしそうでもある。

自分の裸体を目にして、夫以外の男が興奮しているのだ。実際、芳雄のペニスは青スジを浮かべるほど勃起していた。

「もっと見て……」

京香がジーパンのボタンをはずしながら語りかけてくる。

芳雄がカクカクうなずくと、彼女は微笑を浮かべてファスナーをおろしていく。そして、少し前かがみになり、尻を左右に揺らしながらジーパンを引きさげた。

股間に張りついたパンティが露出する。ブラジャーとセットなのだろう人妻らしいベージュの下着だ。盛りあがった恥丘に密着して、肉の形が生々しく伝わってきた。

ジーパンを足から抜き取ると、両手を背中にまわしてブラジャーのホックをはずす。とたんにカップが上方に弾け飛び、ボリュームのある乳房がプルルンッと勢いよくまろび出た。

大きくて張りのある柔肉が、まるでプリンのように揺れている。先端に鎮座する乳首は濃い桜色で、まだ触れてもいないのに硬くとがり勃っていた。彼女も興奮していると思うと、芳雄もますます昂った。

「ああっ、身体が熱くなってきちゃった」

京香は顔を赤く染めながら、パンティに指をかけておろしていく。

溢れ出した陰毛は、黒々として小判形に手入れされている。パンティの船底が股間から離れるとき、透明な汁がツツーッと糸を引いた。

(ぬ、濡れてる……)

その事実が芳雄をさらに奮い立たせる。

目の前に全裸の人妻が立っていて、股間を愛蜜で濡らしているのだ。この状況で興奮しないはずがない。

「きょ、京香さん……す、すごいです」

芳雄は震える声でつぶやいた。

熟れた女体の色気に圧倒される。たっぷりした柔肉と隆起した乳首から目が離せない。思わず前のめりになって凝視した。

「そんなに見つめられたら、おっぱいに穴があいちゃうわ」

京香が恥ずかしげにつぶやき、くびれた腰をくねらせる。すると乳房がタプンッと揺れて、ますます芳雄の視線を惹きつけた。

「ねえ、わたしも……」

内腿をもじもじ擦り合わせながら、京香が熱い眼差しを送ってくる。息遣いが荒くなっており、彼女もかなり昂っていた。

「すごく濡れちゃってるの。吉浦くん、なんとかしてくれるかな」

京香はそう言って隣の椅子に腰かける。そして、芳雄の目を見つめながら、膝をゆっくり左右に開きはじめた。

「あぁっ……わたしのアソコ、どうなってるのか見て」

彼女の言葉に誘われるまま、芳雄は椅子からおりて歩み寄った。

すでに脚は大きく開かれている。京香の前にひざまずくと、呼吸を乱しながら股間をのぞきこんだ。

「うおっ……」

芳雄は思わず両目を見開いて唸った。

小判形に手入れされた陰毛の下に、サーモンピンクの陰唇が見えている。三十二歳の人妻の女陰だ。それなりに経験を積んでいるのか、二枚の花弁が少し伸びて、ビラビラしているのが卑猥《ひわい》だった。

しかも、女陰の合わせ目から透明な汁が滲み出している。まるで岩清水のようにジクジク溢れて、肛門のほうへと伝い流れていた。

「あぁっ、見てるだけなのね」

京香が挑発的につぶやき、濡れた視線を送ってくる。

「吉浦くんの好きにしていいのよ」

そこまで言われたら、もう遠慮する必要はない。

芳雄は両手を内腿のつけ根に置くと、顔をゆっくり近づけていく。チーズにも似た牝《めす》の香りが鼻腔《びこう》をくすぐる。肺いっぱいに吸いこみながら、濡れた女陰に口を押し当てた。

「ああンっ」

京香が甘い声をあげて、内腿を震わせる。

それと同時に湿った音が響き、割れ目から愛汁が溢れ出す。すかさず吸いあげると、思いのほか大量の華蜜が口内に流れこんでくる。京香は股間を突きあげると同時に、両手を伸ばして芳雄の頭を抱えこんだ。

「うむっ……すごく濡れてますよ」

陰唇にむしゃぶりついたまま語りかける。すると、唇の動きが刺激になったのか、愛蜜の量がさらに増えた。

「はンンっ、い、いいっ、もっとよ……もっとして」

京香は完全に欲情している。さらなる愛撫を求められて、芳雄は女陰をねろりと舐めあげた。

「あああッ」

艶めかしい喘ぎ声が牛丼屋の店内に響き渡る。

京香は椅子に座り、脚を左右に大きく開いた状態だ。その前に芳雄がひざまずき、股間に顔を寄せている。恥裂に舌を這わせたことで、女体が痙攣しながら大きく仰《の》け反った。

（どんどん溢れてくる……京香さんもこんなに感じてるんだ）

彼女が反応してくれるから、芳雄の愛撫は加速する。二枚の女陰を交互に舐めあげては、口に含んでクチュクチュとしゃぶりまわす。

「あッ、そ、それ……ああッ」

京香は内腿で芳雄の頬を挟みこみ、両手で頭をしっかり抱えている。女陰をしゃぶられる快楽に酔いしれて、甘い声を漏らしつづけていた。

(ようし、こうなったら……)

ペニスをさんざん舐められたお返しをするつもりだ。

芳雄は舌を女陰の狭間《はざま》に浅く沈みこませると、上端に向かってゆっくり滑らせていく。やがて舌先がクリトリスを捕らえた瞬間、女体がブルルッと小刻みに痙攣した。

「はううッ、そ、そこは感じすぎちゃうの」

そんなことを言われたら、なおさら責めたくなってしまう。芳雄は肉芽に唾液を塗りつけると、舌先でヌルリ、ヌルリと転がした。

「ああッ、本当に弱いから……」

「ここがお好きなんですね」

「ま、待って、もっとやさしく――はああッ」

京香の声を無視して舐めつづける。

クリトリスはぷっくりふくらみ、女体の反応がより顕著になっていく。勃起した肉芽に唇をかぶせて、愛蜜ごとチュウチュウ吸いあげる。同時に先端を舌で舐めまわすと、女体が凍えたように震えはじめた。

「ああッ……あああッ」

もう、意味のある言葉を発する余裕もないらしい。京香は芳雄の頭を抱えこんだまま、股間を二度、三度と跳ねあげた。

「あうぅッ、ダ、ダメっ、あああッ、あぁあああああッ！」

喘ぎ声がいっそう大きくなる。愛蜜の量もどっと増えて、女体が仰け反ったまま痙攣した。

（や、やった……京香さんをイカせたんだ）

芳雄は思わず心のなかで叫んだ。

昇りつめたのは間違いない。人妻を絶頂に追いあげたことで、胸に満足感がひろがっていく。だが、まだはじまったばかりだ。

「もっと舐めてもいいですか」

返事を待たずに、再び女陰を舐めまわす。今度は舌先をとがらせると、濡れそぼった膣口にヌプリッと押しこんだ。

「あああッ、ダ、ダメぇっ、ああああッ」

京香の反応は凄まじい。椅子の上で女体を跳ねあげて痙攣する。口ではダメと言いながら、頭をしっかり抱えこんで離さない。芳雄は舌先をヌプヌプと出し入れして、膣粘膜を舐めまわした。

「そ、そんな、あああッ、またっ」

京香の喘ぎ声が高まり、膣口がキュウッと締まる。その直後、まるで噴水のように愛蜜がプシャアアッと飛び散った。

「はあああッ、も、もうダメっ、イ、イクッ、イクううッ！」

あられもない声が店内に響き渡る。濃厚なクンニリングスで、京香が潮を噴きながら二度目のアクメに昇りつめた。

5

（や、やった……やったぞ）

芳雄は腹のなかで唸り、愛蜜まみれの顔を手の甲で拭った。

ぐったりしている京香を見あげると、破裂しそうなほど勃起したペニスがビクッと跳ねた。

まだ興奮は持続している。フェラチオでたっぷり射精したのに、いっこうに欲望は収まりそうにない。アルバイト初日で、なぜか人妻と淫らな行為に耽《ふけ》っている。この異常な状況が興奮を煽っているのだろうか。

京香が椅子から立ちあがる。瞳はトロンと潤んでおり、乳首はピンピンにとがり勃っていた。

「吉浦くん……」

芳雄の手を取って立たせると、正面から抱きついてくる。そして、勃起しているペニスを自分の内腿の間に挟みこんだ。

「ううっ、こ、これって……」

いわゆる素股の状態になっている。熱い肉棒を、柔らかい内腿に挟まれるのが心地いい。それに加えて女陰が竿に密着しているのだ。愛蜜のぬめる感触がたまらず、無意識のうちに腰を動かしていた。

「ううッ、す、すごいです」

「ああンっ、わたしもいいわ」

正面から抱き合った状態で、互いの腰に手を添えている。至近距離で見つめ合い、言葉を交わすたびに彼女の甘い吐息が鼻先をかすめた。

「京香さんの、お、おっぱいが……」

大きな乳房が胸板に触れている。双つの柔肉がひしゃげており、先端では乳首が硬くしこっていた。

「ううッ、き、気持ちいいっ」

「あンっ、ダメよ、そんなに動いたら」

芳雄が呻いて腰を動かせば、京香も窘《たしな》めながら股間を突き出してくる。

ふたりの動きが一致することで、互いの性器が擦れ合い、相乗効果で快感が大きくなっていく。芳雄は我慢汁を垂れ流し、京香も愛蜜をとめどなく漏らしている。体液がまざり合って、腰を振るたびクチュッ、ニチュッという湿った音が響き渡った。

「お、俺、もう……」

「ああンっ、わたしも……ほしい」

熱い視線を交わしてささやけば、さらに気分が盛りあがる。

もう、挿入することしか考えられない。カリが陰唇を擦るたび、女体に震えが走り抜けた。

「きょ、京香さん……こっちに」

芳雄は彼女を後ろ向きにする。両手をカウンターにつかせると、尻を後方に突き出すように誘導した。

「ああっ、吉浦くん……ちょうだい」

京香が焦れたようにつぶやき、熟れた尻を右に左に振り立てる。真後ろからのぞきこめば、女陰は物欲しげに赤く充血していた。

「こんなに濡らして……京香さんのここ、トロトロになってますよ」

芳雄は興奮にまかせてつぶやき、亀頭の先端を女陰に押し当てる。なじませるようにゆっくり擦れば、さらなる愛蜜が溢れ出す。

「あンンっ、は、早く……早く、挿れて」

京香が腰を振り、焦れたようにつぶやいた。

「じゃあ、いきますよ」

「ああッ、い、いいっ」

芳雄が股間を突き出した瞬間、あられもない喘ぎ声が店内に響き渡る。

京香は生まれたままの姿でカウンターに両手をつき、背中を反らして尻を後方に突き出していた。芳雄はその尻を抱えこみ、いきり勃ったペニスを女陰にズブリッと突き立てたのだ。

「は、入りましたよ」

呻きまじりにつぶやき、腰をゆっくり押しつける。とたんに膣口がキュウッと締まり、カリ首を締めつけてきた。

「ふ、太い、あああッ」

京香の唇からよがり泣きがほとばしる。

膣のなかは熱く蕩けて、まるでマグマのようだ。ペニスの先端を包みこむ膣襞が、妖しげに蠢《うごめ》いている。腰をさらに押し出せば、亀頭が媚肉《びにく》を割り開いてズブズブ進み、やがて根元まで突き刺さった。

「ひああッ、そ、そんなに奥まで……」

京香の喘ぎ声が甲高くなる。ペニスに膣襞がからみつき、思いきり絞りあげてきた。

「こ、これは……うぐぐッ」

慌てて奥歯を食いしばる。とっさの判断で下腹部に力をこめて、急激にふくれあがった射精欲を抑えこんだ。

一秒でも遅れていたら暴発していたに違いない。なんとか快感の大波をやり過ごすと、くびれた腰をつかんで腰をゆったり振りはじめる。ペニスをじわじわ後退させて、亀頭が抜け落ちる寸前まで引き出した。

「よ、吉浦くんの、すごく張り出してるから……」

京香が潤んだ瞳で振り返る。唇は半開きになっており、熱い吐息がこぼれていた。

「京香さんが締めつけてくるから……うむっ」

後退させたペニスを、再びスローペースで沈みこませていく。すると、尻たぶが小刻みに震えて再び膣道が収縮した。

「あううッ、い、いいっ」

「くうッ、また締まってきた」

「あッ……ああッ……ゴリゴリ擦れてる」

京香のせつなげな声がなおさら気分を盛りあげる。

女体が弓なりに反り返り、思いきり男根を食いしめた。膣壁の波打つ感触がたまらない。快感に耐えながら、少しずつピストンを速めていく。密着している膣襞を振り払い、カリで思いきり擦りあげた。

「ひいッ……あひッ……す、すごいっ」

京香が敏感に反応して、裏返った嬌声《きょうせい》を振りまきはじめる。積極的に尻を突き出し、さらなるピストンをねだってきた。

「ね、ねえ、もっと激しくして」

「よ、よし、いきますよっ」

芳雄の欲望も高まる一方だ。女体に覆いかぶさり、両手を前にまわして乳房を揉《も》みしだく。柔肉の感触を楽しみながら、腰を猛烈に振り立ててペニスを抜き差しする。

「ああッ、い、いいっ、あああッ、いいっ」

湿った蜜音と京香のよがり泣きが、いっそう大きくなった。

亀頭は膣道の最深部に到達して、子宮口をコツコツとノックする。それと同時に、濡れた膣襞を意識的に擦りあげた。

「ひいッ、あひいッ、も、もうっ」

「こ、これが気持ちいいんですね」

力強くペニスを打ちこみ、女壺のなかをかきまわす。うねる膣壁を擦りまくることで、自分も同時に高まっていく。

「ううッ、お、俺もっ」

芳雄の射精欲も限界に達している。欲望のままに腰を振り、女壺がもたらす快楽に溺《おぼ》れていく。もう昇りつめることしか考えられない。最後の一撃とばかりに、思いきりペニスを突きこんだ。

「ああぁッ、い、いいっ、はあああッ、イクッ、イクイクぅッ!」

「で、出るっ、おおおおッ、くおおおおおおおッ!」

京香のよがり泣きと芳雄の唸り声が重なった。絶頂の大波が押し寄せて、ふたりの身体を呑みこんだ。頭のなかがまっ白になり、瞬く間に桃源郷の彼方《かなた》へと飛ばされた。

第二章　半熟の奥さま

1

「吉浦くん、おはよう」

引き戸を開けると、美和子の柔らかい声が耳に流れこんできた。

この日も割烹着に三角巾をつけて、カウンターのなかに立っている。おっとりした空気を纏《まと》っている彼女が、庶民的な格好をすることで、さらに親しみやすさが増していた。

「おはようございます」

芳雄が平静を装って挨拶すると、美和子は満面の笑みを浮かべてくれる。それだけで、このアルバイトを選んでよかったと心から思えた。

(でも、俺は昨日……)

京香とセックスしてしまった。

それを思うと、胸が苦しくなる。昨日の午後、美和子が商談から戻ってきたとき、罪悪感から一度も目を合わせることができなかった。

「京香ちゃんはお休みなの。ひとりで大変だと思うけど、よろしくね」

美和子の言葉に内心ほっとする。

なにしろ、昨日の今日だ。後悔しているわけではないが、京香と顔を合わせづらいと思っていた。

(そうすると、美和子さんとふたりきりか)

それはそれでドキドキする。せっかくのチャンスなので、いいところを見せたかった。

「がんばります」

気合を入れて答えると、彼女はにっこり微笑んだ。洗い場には、すでに鍋や小皿、菜箸やお玉などがたまっていた。

「じゃあ、さっそく洗いものをお願いできるかしら」

美和子は開店準備に追われている。亡き夫が開発した秘伝の割下に、醤油や調味料を慎重に継ぎ足しているところだ。

「は、はい」

芳雄は緊張ぎみに返事をして、カウンターに足を踏み入れた。

なにしろ狭いので、すれ違うときに密着するのだ。カニのように横歩きしながら、美和子の後ろを通過していく。

（おおっ……）

彼女の髪が鼻先をかすめる。

背中合わせより、同じ向きになったほうが通りやすいと教えてくれたのは美和子だ。しかし、この格好だと股間が彼女のヒップに擦れてしまう。甘い痺れがひろがり、慌てて気持ちを引きしめた。

「狭くてごめんなさいね」

美和子が申しわけなさげにつぶやくが、芳雄のテンションはあがる一方だ。

とにかく、勃起する前に彼女の背後を通過すると、何食わぬ顔で洗い場に向かった。

「い、いえ、まったく問題ないです」

むしろ狭いほうがありがたい。なにしろ、こうして堂々と美和子に触れられるのだ。

（もっと狭くてもいいくらいだよ）

つい馬鹿なことを考えて苦笑が漏れる。

実際のところ、そんな呑気《のんき》な状況ではない。勤めていた会社が倒産したことで、芳雄は三十歳にして無職になってしまったのだ。

（でも、初日であんなことが起きるなんて……）

芳雄は鍋を洗いながら、昨日の出来事を思い返した。

美和子が取引先との打ち合わせで出かけている間、京香に誘われて店内でセックスしてしまったのだ。浮気をしている夫への当てつけもあったと思う。とにかく、京香は積極的だった。

（いつかは、美和子さんと……）

邪《よこしま》なことを考えて股間がずくりと疼《うず》いた。

芳雄はさっそく鍋を洗いながら、自分の股間をチラリと見やった。美和子とセックスすることを妄想しただけで、スラックスの前が大きなテントを張っていた。

（そんなこと、あるわけないだろ）

すかさず、心のなかで自分を窘める。

背後をそっと振り返ると、美和子はガス台の前に立ち、割下の鍋を慎重にかき混ぜていた。思わず清楚な横顔に見惚《みと》れてしまう。外見が美しいだけではなく、内面のやさしさが滲み出ていた。

美和子は三十五歳の未亡人だ。夫が全身全霊をかけて作りあげた牛丼屋を守ろうとしている。きっと、まだ夫のことを忘れられないのだろう。芳雄が入りこむ余地など、あるはずがない。

（でも、美和子さんだって女だし……）

きっと性欲はあるだろう。

しかも、三十五歳という脂の乗りきった年齢だ。夫が亡くなったのは三年前だと聞いている。欲望はかなり高まっているのではないか。熟れた女体が火照り、ひとり寝が淋しい夜もあるはずだ。

普段はおっとりして淑《しと》やかだが、じつは疼く女体を持てあましているのではないか。いったい、どうやって欲望を解消しているのだろうか。

（やっぱり、自分で……）

またしても妄想がふくらんでしまう。

寝つけない夜は、つい指が股間に伸びてしまうのではないか。最初はパンティの上から大切な部分をまさぐるが、そんなもどかしい刺激で満足できるはずがない。すぐにパンティをおろして、直接、女陰に触れるに違いない。

——ああっ。

割れ目を撫であげるたび、せつなげな喘ぎ声が溢れ出す。

そして、愛蜜を敏感なクリトリスに塗りつける。思わず内腿で自分の手を挟みこむが、それでも指先は動きつづけてしまう。充血して硬くなった肉豆を執拗に転がしつづけるのだ。

（美和子さん、そんなに激しく……）

芳雄の妄想はさらに加速していく。

美和子は脚を大きく開き、膣口に中指を沈みこませる。トロトロになっている女壺をかきまわして快楽を貪《むさぼ》り、ついには絶頂の階段をあがっていく。

——はあああッ！

妄想のなかで、彼女が昇りつめた直後だった。邪な視線を感じたのか、突然、美和子がこちらを振り向いた。

(あっ……)

ふいに目が合って、顔がカッと熱くなった。

「どうかしましたか」

美和子が不思議そうに首をかしげて、柔らかい声で尋ねてくる。

「あ、洗いものはないかなと思いまして……」

芳雄はなんとかごまかそうと、とっさに思いついたことを口走った。

「今は大丈夫です。ありがとう」

まさか芳雄が卑猥な妄想をしていたとは思いもしないだろう。美和子は清楚な美貌にやさしい笑みを浮かべた。

(美和子さん、すみません……)

いやらしい姿を想像してしまったことを申しわけなく思う。

しかし、美和子が清楚であるからこそ穢《けが》したくなる。卑猥な姿を見たくてたまらなかった。

芳雄は前を向き、再び鍋を洗いはじめる。しかし、頭のなかでは美和子の淫らな妄想がつづいていた。

美和子は自分の指で慰めるだけでは飽き足らず、密かに隠し持っていたバイブを持ち出してくる。夫が亡くなってから、思いきって通信販売で購入したピンクの極太バイブだ。まずは先端を舐めまわして湿らせると、膣口にそっと押し当てた。

――はああっ。

バイブを埋めこむと同時に、女体がビクンッと仰け反った。すかさずスイッチを入れると低いモーター音が響き渡る。バイブが膣のなかでうねり、下腹部が艶めかしく波打った。さらには自分の手で、バイブをズブズブとピストンさせる。

(あの美和子さんが、そんなことまで……)

すべては妄想にすぎないが、すぐ近くに本人がいると思うと背徳的な興奮がふくれあがっていく。

美和子は右手でバイブを操りながら、左手で自分の乳房を揉みあげる。指の間に乳首を挟んで、甘い刺激を送りこむ。快楽に没頭して、やがて喘ぎ声とともに男の名前を口走る。

彼女の脳裏に浮かんだのは亡き夫なのか、それとも別の男なのか。

「吉浦くん」

そのとき、背後から声をかけられた。

とたんに肩が小さく跳ねあがる。恐るおそる振り返ると、目の前に美和子が立っていた。

「これも洗っておいてもらえるかしら」

「は、はい……」

お玉を差し出されて受け取った。

懸命に平静を装うが、顔が燃えるように熱くなっている。淫らな妄想のせいで、芳雄のペニスは大きくふくらみ、スラックスの前があからさまにテントを張っているのだ。

絶対に股間を見せるわけにはいかない。勃起がばれないように下半身は前に向けたまま、上半身を大きくひねっていた。

「あら……」

美和子がじっと見つめてくる。急に真剣な表情になり、芳雄の顔をのぞきこんできた。

「な、なんでしょうか」

まさか、ばれてしまったのだろうか。暑くもないのに額に玉の汗が浮かび、こめかみを静かに流れ落ちていく。

「ずいぶん顔が赤いけど……」

美和子が心配そうに尋ねてくる。一瞬、焦ったが、今のところばれていないようだ。

「だ、大丈夫です」

「ちょっと、待って」

芳雄は洗いものを再開しようとするが、美和子が解放してくれない。それどころか、芳雄の顔色を慎重にうかがってきた。

「もしかして、熱があるんじゃないかしら」

いきなり、額に手のひらをあてがってくる。彼女は真剣そのものだが、触れられた芳雄はドキリとした。

(美和子さんの手が……)

柔らかい手のひらが額に重なっている。

美和子が触れていると思うと、それだけでテンションがあがってしまう。胸の鼓動が速くなり、顔がさらに火照り出す。

「熱いですよ」

美和子が気遣ってくれるから、ますます気分が高揚する。なんとしても、仕事でいいところを見せたい。

「大丈夫です。少し緊張してるだけですから」

芳雄は力強く言いきった。気持ちは充実している。健康なのだから休む必要はなかった。

「絶対に無理はしないでくださいね」

美和子がやさしい言葉をかけてくれる。それが刺激となり、さらにペニスが硬くなった。

「そろそろ開けるわね」

美和子が暖簾を表に出した。

午前十時、いよいよ開店時間だ。昼の営業は午後二時までで、いったん閉めて休憩を取り、夜の仕込みに取りかかる。そして、午後六時から十時までが夜の営業時間となっていた。

十一時をまわったあたりから客が増えてくる。しかし、本格的に忙しくなるのは十二時台だ。背広姿のサラリーマンが、ひっきりなしにやってくる。客の回転が早いので、洗いものがどんどんたまっていく。芳雄はひと息つく間もなく、ひたすら丼とお椀を洗いつづけた。

背後をチラリと見やれば、美和子が額に汗を浮かべて牛丼を作っている。テイクアウトもあるので、目がまわりそうな忙しさだ。しかし、懸命に働く美和子の姿は美しかった。

午後一時をまわると、ぱったり静かになる。昼の客はサラリーマンがほとんどのため、ピークは十二時台だった。

（こ、腰が……）

気づくと腰がパンパンに張っていた。

立ちっぱなしで、少し前かがみになっているのがいけないのだろう。洗い場は思った以上にきつい仕事だ。なんとか乗りきったが、シンクには丼とお椀が山積みになっている。危うく食器が足りなくなるところだった。

「お疲れさま。大変だったでしょう」

美和子が声をかけてくれる。店内を見やると、いつの間にか客はひとりもいなくなっていた。

「美和子さんのほうこそ大変じゃないですか。お昼は戦争ですね」

「わたしは毎日だから慣れてるもの」

あれだけ忙しかったのに、美和子はまったく疲れた様子がない。余裕の表情で芳雄の隣に並んで立ち、スポンジを手に取った。

「いっしょに洗いましょう」

「い、いえ、これは俺の仕事ですから、美和子さんは休んでください」

慌てて言うが、美和子はもう丼を洗いはじめている。

「いいのよ。ふたりでやったほうが早く終わりますよ」

シンクが小さいため、自然と寄りそう形になってしまう。肩や肘《ひじ》が触れて、そのたびに胸の鼓動が速くなった。

(美和子さんは、気にならないのかな)

自分だけが意識していると思うと、少し淋しくなる。

きっと彼女は亡くなった夫のことを忘れられないのだろう。それは仕方ないが、自分のことも男として意識してほしい。そのとき、電話の着信音が響き渡った。

「はい、鈴屋です」

美和子は急いで手を洗うと、受話器を取って応対する。その直後、彼女の顔に笑みがひろがった。

「いつもありがとうございます。はい、牛丼の松、つゆだくですね」

電話を切ると、すぐに牛丼を作りはじめる。テイクアウトの注文でも入ったのだろうか。

「出前なの。すぐ近くだから行ってもらえるかしら」

美和子は軽やかな声で言うと、芳雄の顔を見つめてきた。

「出前もやってるんですか」

「手がまわらないから基本的にお断りしているけど、近所のお得意さまだけ特別にね」

美和子の言葉を聞いて納得する。

昔からのなじみ客は店の状況を理解しているので、忙しい時間帯を避けて注文してくれるという。

「いいお客さんがついてるんですね」

味はもちろん、店の雰囲気も素晴らしい。きっと、店主である美和子の人柄が表れているのだろう。

「みなさん、夫が生きていたときからの常連さんなの。夫ががんばってくれたおかげね」

「美和子さんも、がんばってるじゃないですか」

「わたしなんて……夫の味を守っていくだけで精いっぱいで……」

美和子の声がどんどん小さくなっていく。

彼女の夫が亡くなったのは三年前だ。もしかしたら、いまだに伴侶《はんりょ》の死を受け入れられないのかもしれない。

「旦那さんの割下は、確かにおいしいです。でも、今、お客さんがたくさん入っているのは、やっぱり美和子さんが努力した結果じゃないでしょうか。少なくとも俺はそう思います」

彼女を元気づけたい一心で、つい力説していた。

「ありがとう……吉浦くんって、やさしいのね」

美和子がうれしそうに目を細める。その言葉で芳雄は我に返った。

「す、すみません、つい生意気なことを……」

店を経営する大変さなど、なにひとつわかっていない。とにかく、美和子を応援したい気持ちを抑えきれなかった。

「ううん、とってもうれしかったわ。独り身だと、誰も褒めてくれないから」

美和子は微笑んでくれるが、瞳には一抹の淋しさが滲んでいた。

普段は明るく振る舞っていても、自宅に帰ると気持ちが沈んでしまうのかもしれない。きっと無理をしているのだろう。彼女を見ていると、そんな気がしてならなかった。

(俺が、力になれたら……)

そんなことを考えて、すぐに心のなかで否定する。無職でアルバイトをしているような自分が、彼女を支えられるはずがない。

「出前、お願いね」

美和子が微笑みかけてくる。

牛丼の松、つゆだくができあがっていた。丼と味噌汁のお椀にラップをかけると、紅生姜《べにしょうが》の小皿を添えてトレーに乗せる。

「二軒隣のマンションの八階、８０１号室の川村《かわむら》さんよ。気をつけて行ってきてね」

「了解です」

芳雄がトレーを手にしたとき、美和子が再び声をかけてきた。

「もうすぐ休憩時間だから、ゆっくりしてきていいわよ。川村さんはお話が好きだから、少しお相手してあげて」

口調が少し砕けたものになっている。

先ほどはよけいなことを言ってしまったと思ったが、結果として距離が縮まった気がした。

「はい。では、行ってきます」

はじめての出前で気合が入る。芳雄は任せておけとばかりに、元気よく返事をした。

2

芳雄はトレーを揺らさないように、歩道の隅をゆっくり歩いている。

ようやく二軒隣のマンションにたどり着くと、エントランスに足を踏み入れた。壁も床も黒御影石の広々とした空間だ。今までなんとなく前を通っていたが、予想外の立派な造りに圧倒されてしまう。

緊張しながらオートロックのパネルに部屋番号を打ちこめば、すぐにスピーカーから返事があった。

「どちらさまですか」

聞こえてきたのは女性の声だ。

しかも、清流を連想させる涼やかな声音にドキリとする。牛丼屋の常連客なので、てっきり男の人だと思いこんでいた。

「ぎゅ、牛丼の鈴屋です」

慌てるあまり、しどろもどろになってしまう。なんとか名乗ると、一瞬、沈黙が流れた。

「どうぞ……」

抑えた声とともに、オートロックの自動ドアがすっと開く。

いったい、どんな女性なのだろうか。芳雄はますます緊張しながらマンション内に歩を進めた。

エレベーターで八階にあがり、間接照明に照らされた廊下を歩いていく。洒落た空間は、外の喧騒《けんそう》が嘘のように静まり返っている。自分がここにいるのは、ひどく場違いな気がしてとまどってしまう。

牛丼の出前をするのは、本当にこのマンションで合っているのだろうか。しかし、801号室のドアを見つけて歩み寄ると、表札には確かに「川村」と書いてあった。

（ここだな……）

芳雄は小さく息を吐き出して、気持ちを落ち着かせる。

想像していた以上に高級なマンションだ。こんなところに住めるのは、選ばれた人間に違いない。震える指先でインターホンのボタンを押そうとしたとき、いきなりドアが開け放たれた。

「なにしてるの、牛丼が冷めるでしょ」

鋭い声とともに顔をのぞかせたのは、クールな雰囲気の女性だった。

年のころは三十前後だろうか。はっとするような美女だが、どこか冷たい感じが漂っている。スラリとした身体を、白地に小花を散らした柄のワンピースに包んでおり、セミロングの黒髪が肩を柔らかく撫でていた。

「す、すみません」

「あなた、見ない顔ね。もしかして、新人さんかしら」

シャープな顎を少しあげると、アーモンド形の瞳で芳雄の全身を眺めまわしてくる。

(な、なんだ……)

これまでに感じたことのない圧力だ。芳雄はすっかり気圧《けお》されて、ただうなずくことしかできない。

「お名前は」

彼女が淡々とした声で尋ねてくる。

昔からのお得意さまだと聞いているので、絶対に失礼な態度があってはならない。芳雄が背すじを伸ばして答えると、彼女は意外にも律儀に川村友里恵《ゆりえ》と名乗ってくれた。

「あなた、おいくつなの」

「さ、三十です」

「同い年じゃない」

友里恵はそうつぶやくが、とくに親近感を覚えたわけでもなさそうだ。相変わらずクールな瞳で見つめてくる。

「ご結婚は」

「いえ、まだです……」

「ふうん、そうなの」

なぜか友里恵は満足げにうなずき、唇の端を微かに吊《つ》りあげた。

「わたしは結婚してるわ」

尋ねてもいないのに教えてくれる。芳雄はどうすればいいのかわからず、玄関の前で立ちつくしていた。

「ぼんやりしてないで、早く入りなさい」

唐突に強い口調で言われるが、意味がわからずとまどってしまう。普通、出前といったら玄関先で渡すものだろう。

「あ、あの……」

「ほらっ、モタモタしない。早く運んで」

「は、はいっ、すみません」

苛立《いらだ》った調子で言われて、芳雄は慌てて靴を脱いだ。

「し、失礼します」

わけがわからないまま、リビングに足を踏み入れる。

大理石の床にペルシャ絨毯《じゅうたん》が敷いてあり、黒革製のハイバックソファと八十インチはあろうかという大画面のテレビが目に入った。天井からは宝石のようなシャンデリアがぶらさがっている。ガラステーブルの上にはクリスタルのごつい灰皿が置いてあった。

（すごい家だな……）

目につくのは高価そうなものばかりだ。いったい、どんな仕事をしているのだろうか。

「そこに置いて」

友里恵はソファに腰かけると、ガラステーブルを指さした。

「は、はい……」

芳雄はますます緊張しながら、とにかく牛丼と味噌汁のお椀をガラステーブルに並べていく。

「で、では……失礼します」

逃げるように帰ろうとする。ところが、またしても友里恵の鋭い声が耳に届いた。

「待ちなさい」

呼びとめられただけだが、心がすくみあがってしまう。なにを言われるのかと、内心身構えた。

「まだ、お代を払ってないわよ」

「あっ……」

指摘されるまで気づかなかった。

緊張のあまり、代金のことが頭から完全に飛んでいた。牛丼を届けることで頭がいっぱいだった。

「す、すみません。忘れてました」

「しっかりしなさい。手ぶらで帰ったら美和子さんに叱《しか》られるわよ」

同い年だが、友里恵は容赦のない言葉を投げかけてくる。でも、彼女の言っていることは間違っていない。芳雄は恐縮して、ただ頭をさげることしかできなかった。

「で、では、牛丼の松なので――」

代金をもらおうとすると、友里恵は座っているソファの隣を手でポンポンと軽くたたいた。

「座りなさい」

すぐには反応できず、おかしな間が空いてしまう。

芳雄は牛丼の出前に来ただけだ。いったい、どういうつもりで言っているのだろうか。

「いいから座って。お代はあとで払うから」

友里恵の言葉にとまどうが、そのとき、ふと思い出す。

——川村さんはお話が好きだから、少しお相手してあげて。

確か、美和子はそう言っていた。

友里恵は話し相手がほしいのではないか。取っつきにくい感じはするが、本当は淋しいのかもしれない。とにかく、美和子に言われているので、相手をしないで帰るわけにはいかなかった。

「で、では……」

芳雄は恐るおそるソファに腰かける。

近すぎるのは失礼だと思って少し距離を空けるが、友里恵はすぐ隣に移動してきた。

「なんで離れるのよ。わたしのことが怖いの」

「い、いえ、決してそんなことは……」

本当は少し怖かったが、そんなことは口が裂けても言えない。お得意さまに失礼があってはならなかった。

「ちょっとでいいから、話し相手になってほしいのよ」

友里恵は急に柔らかい口調になり、芳雄の太腿に手のひらを重ねてくる。

「うっ……」

スラックスの上から撫でられて、思わず小さな声が漏れてしまう。柔らかい手のひらの感触にドキリとした。

(な、なにを……)

芳雄は言葉を失い、全身を硬直させる。

彼女の考えていることがわからない。想定外の出来事が次々と起こり、とっさに対処できなかった。

「ぎゅ、牛丼……さ、冷めちゃいます」

やっとのことで言葉を絞り出す。しかし、顔の筋肉がひきつり、かすれた声しか出なかった。

「今は吉浦さんと話したいわ」

友里恵は太腿に手を置いたまま、流し目を送ってくる。「吉浦さん」と呼ばれて、胸の鼓動が速くなった。

「迷惑かしら」

「い、いえ、迷惑なんてことは……」

いったい、どんな話をするつもりだろうか。

よくわからないが、話すだけなら断るわけにはいかない。芳雄は小さくうなずくしかなかった。

3

「夫は医者なんだけど、忙しくて相手にしてくれないの」

友里恵はそう言いながら、太腿の上で手のひらを滑らせる。膝から股間に向かって這いあがり、太腿のつけ根で静止した。

今にも股間に触れそうで触れないのがたまらない。ゆっくり膝まで戻り、再び股間に向かってじりじりと移動する。それを何度もくり返されて、焦れるような刺激がひろがった。

「いつも帰ってくるのが夜遅くて、そのうえ疲れているから、すぐに寝ちゃうのよ」

「そ、そうなんですか」

芳雄は相づちを打つが、撫でられている太腿が気になって仕方がない。ペニスがムズムズしており、今にもふくれあがりそうになっている。まともな受け答えができず、欲望を抑えこむので精いっぱいだ。

「ふたまわりも年上だから、夜のほうも……」

いったい、なにを言っているのだろう。初対面だというのに、いきなりディープな話になってきた。

「つまり、セックスレスなの。だから……」

ついに友里恵の手が股間に重なった。

その瞬間、抑えこんでいた欲望が暴走をはじめてしまう。ペニスが瞬く間にふくらみ、スラックスの前が盛りあがっていく。意志に反して、彼女の手のひらを押し返した。

「あンっ、もう硬くなってる」

友里恵が喘ぐようにつぶやき、艶っぽい吐息を漏らす。

彼女の手は芳雄の股間に伸びている。指をそっと曲げると、スラックスの上から勃起したペニスをしっかり握りしめた。

「ううっ……い、いけません」

思わず快楽の呻き声が漏れてしまう。それでも、芳雄は気持ちを奮い立たせて懸命に抗《あらが》った。

「こ、こんなことダメです……」

牛丼の出前で訪れたのに、なぜか人妻にペニスを握られている。なにが起きているのか、さっぱりわからなかった。

「いいじゃない。こんなに硬くなってるんだもの」

友里恵が耳もとでささやきながら、ペニスを握りしめた手をゆっくり動かしはじめる。

「くううッ」

とたんに快感が押し寄せて、唇の隙間《すきま》から低い声が溢れ出す。

ソファに並んで腰かけた状態で、スラックスごしに肉棒をスリスリとしごかれている。カウパー汁が大量に溢れて、ボクサーブリーフに染みこんでいくのがわかった。

「ほら、こうすると気持ちいいでしょう」

「で、でも……か、川村さんには、旦那さんが……」

「だから言ってるじゃない。うちの人は夜が弱いのよ」

「だ、だからって……ううぅッ」

ペニスをしごかれているため、まともに話すことができない。だからといって、彼女の手を振り払うのも失礼な気がする。こういうとき、どうするのが正解なのかわからなかった。

「どんどん硬くなってるわ。ねえ、見せて」

友里恵がベルトを緩めてスラックスの前を開いてしまう。さらにボクサーブリーフをおろして、いきり勃った男根を剝き出しにした。

「ああっ、素敵よ」

うっとりした表情でつぶやき、ほっそりした指を太幹に巻きつけてくる。とたんに甘い痺れがひろがった。

「くううッ、ま、待ってください」

「ねえ、もう我慢できないわ」

芳雄の訴えは聞き流されて、友里恵は股間に顔を寄せてくる。そして、亀頭に熱い息を吹きかけると、艶やかな唇を開いて咥えこんだ。

「あふンンっ」

「そ、そんな……くううッ」

突然のフェラチオに慌ててしまう。さすがにまずいと思うが、次々と押し寄せてくる快楽の波には抗えない。亀頭をヌルヌルと舐めまわされて、さらには唇で肉竿をしごきあげられた。

「おおおッ」

「あふっ……むふっ……はむンっ」

友里恵が首をゆったり振っている。舌も使ってペニスをねぶりまわし、蕩けるような快楽を送りこんできた。

「き、気持ちいい……くおおッ」

芳雄はもう呻くことしかできない。ソファの背もたれに寄りかかり、人妻に男根をしゃぶられる愉悦に身をまかせた。

柔らかい唇が、唾液と我慢汁にまみれた肉竿を擦りあげる。それだけではなく、濡れた舌で亀頭を飴玉のように転がされているのだ。ヌルリッ、ヌルリッと滑るたび、射精欲がもりもり盛りあがった。

「も、もうっ、ううウッ、もう、出ちゃいますっ」

たまらず訴えると、それを合図にしたかのように思いきり吸茎される。彼女の頬は大きく窪《くぼ》み、口内が真空になるほど吸いあげられた。

「はむううウッ」

「おおおッ、で、出るっ、くおおおおッ、で、出る出るううっ！」

とてもではないが我慢できない。勝手に尻がソファから浮きあがり、股間を突き出してしまう。ついに限界を突破して、人妻の口に思いきり欲望をぶちまけた。

自分の意志とは無関係に、フェラチオで精液を吸い出される。強烈な快楽が全身にひろがり、四肢の先までビクビクと痙攣した。

「あふっ……はンンっ」

射精している間、彼女はいつまでも吸いつづけてくれる。ペニスだけではなく、全身が蕩けるような快楽だった。

「はぁっ……すごく濃かった」

ようやく股間から顔をあげると、友里恵がぽつりとつぶやいた。

出会ったばかりだというのに、芳雄のペニスをねちっこくしゃぶり、大量の精液を一滴残らず飲みほしたのだ。そうすることで、彼女自身も興奮しているらしい。瞳はトロンとしており、呼吸をハアハアと乱しながら芳雄の顔を見つめていた。

「ねえ、いつもこんなにたくさん出るの」

まだ喉に精液がからんでいるのだろう。友里恵は何度も唾を飲みこみ、昂った様子でささやいた。

「す、すみません……我慢できませんでした」

芳雄はもう目を合わせることができない。なにしろ、人妻の口内に精を放ったのだ。うつむいてつぶやくが、顎に手を添えて顔を起こされた。

「わたしの目を見て」

友里恵に言われて、恐るおそる視線を向ける。すると、彼女の顔は淡いピンクに染まっていた。

「ねえ、わたしも火照ってきちゃった」

喘ぐような声だった。

どうやら、友里恵も欲情しているらしい。ワンピースのなかで、内腿をもじもじ擦り合わせる。両手を自分の太腿に置くと、艶めいた表情でワンピースをじりじり引きあげていく。

ツルリとした膝がのぞき、さらには白い太腿が見えてくる。脂が乗りはじめて、いい具合にむっちりしていた。

「な、なにを……」

芳雄がとまどいの声を漏らすと、彼女は不満げな瞳を向けてくる。

「そんなこと、女に言わせないで」

友里恵はさらにワンピースを引きあげていく。太腿がつけ根まで見えたと思ったら、ついには白い総レースのパンティが露になる。

（おっ、おおっ……）

芳雄は腹のなかで唸り、両目をカッと見開いた。

肉厚の恥丘にぴったり貼《は》りついて、こんもりした形が生々しく浮かびあがっている。自分で見せておきながら、内腿を閉じて恥じらう姿にそそられた。瞬きするのも忘れて、思わず前のめりになった。

「ああっ、そんなに見られたら……」

友里恵はワンピースをまくりあげたまま腰をよじった。

求めているのは間違いない。しかし、さすがに気が咎《とが》める。牛丼の出前で訪れた先で、これ以上のことをするわけにはいかない。なにより、彼女は人妻なのだ。

（で、でも……）

射精した直後だというのに、剝き出しのペニスは屹立している。竿には青スジが浮かび、亀頭はパンパンに張りつめていた。

「お、俺は……ど、どうすれば……」

興奮はまったく収まる気配がない。芳雄がつぶやくと、彼女はパンティのウエスト部分に指をかけた。

4

「いじわるね……女にこんなことさせるなんて」

友里恵の瞳はねっとり潤んでいる。

つい先ほどまで、あれほど高飛車だったのが嘘のようだ。ずいぶん雰囲気が変わり、すっかり弱々しくなっていた。

頬を染めながらパンティをゆっくりおろしていくと、やがて黒々とした陰毛が見えてくる。逆三角形に手入れされており、白い恥丘とのコントラストが見事だった。

「見ないでって言っても、見るんでしょう」

友里恵が喘ぐようにつぶやいた。そして、片足ずつ持ちあげて、パンティをつま先から抜き取った。

「ねえ、お願い……お口でして」

両足をソファの座面に乗せあげると、膝をゆっくり開いていく。

浅く腰かけているため、股間を突き出すような格好になっている。下肢をM字形に開き、自ら見せつけるようなポーズを取った。

「ああっ……は、恥ずかしい」

友里恵は耳まで赤く染めて、腰をくねくねとよじらせる。しかし、決して膝を閉じようとしなかった。

「ほ、本当に……い、いいんですか」

芳雄はとまどいながらもソファから立ちあがる。そして、彼女の前にまわりこむと、ゆっくりしゃがみこんだ。

(こ、これが、川村さんの……)

思わず喉をゴクリと鳴らした。

意外なことに女陰は淡いピンクで、ほとんど形崩れしていない。三十歳の人妻なのに、意外と経験は少ないのだろうか。それでも、恥裂はぐっしょり濡れている。愛蜜にまみれて濡れ光っているのだ。

ペニスをしゃぶったことで興奮したのか、それとも、これから起きることに期待しているのか。とにかく、彼女が欲情しているのは間違いない。

「見てるだけなんて……いや」

友里恵が昂った声でつぶやいた。

恥じらいの表情を浮かべて視線をそらしている。それでも、身体は疼いているに違いない。我慢できないとばかりに腰をよじっていた。

（そういうことなら……）

芳雄も引きさがるつもりはない。

フェラチオされてから、頭のなかが燃えあがったようになっている。今度は彼女を喘がせたくて仕方ない。たっぷりしゃぶってもらったので、しっかりお返ししたかった。

「で、では……失礼します」

白い内腿のつけ根に両手を置くと、彼女の股間に顔を寄せていく。

ほんのりとチーズに似た香りが漂ってくる。牡《おす》の欲望を煽り立てる魅惑的な芳香だ。

「か、川村さんっ」

本能のまま、女陰に口を押し当てる。湿った音とともに、生牡蠣《なまがき》のような感触が唇に伝わってきた。

「ああっ」

友里恵が甘い声をあげて、女体をピクッと震わせる。二枚の陰唇が柔らかくひしゃげて、割れ目から新たな華蜜が溢れ出す。内側にたまっていたのか、大量の果汁が股間を濡らしていく。

（こ、これが、川村さんの……）

人妻の女陰に触れていると思うと、それだけで気分が高揚する。舌を伸ばして、割れ目をそっと舐めあげた。

「はンンっ、そ、そんなこと……」

友里恵が内腿をヒクつかせる。

口では恥じらいつつも、感じているのは間違いない。その証拠に、透明な汁が次から次へと湧き出していた。

「ね、ねえ、わたしのアソコ、どうなってるの」

「濡れてます……すごく濡れてます」

「ウ、ウソ……そんなのウソよ」

自分で尋ねておきながら、なぜか認めようとしない。否定する声は、ひどく艶めかしかった。

「ウソじゃないです。ぐっしょり濡れてますよ」

「ああっ、そんな……つゆだくになってるのね」

友里恵は喘ぐようにつぶやいた。

どうやら、この状況を楽しんでいる節がある。それならばと、芳雄はとがらせた舌先を割れ目に浅く沈みこませた。

「あンンっ」

友里恵の喘ぎ声と、愛蜜の弾ける湿った音が重なった。

「ほら、こんなに濡れてます。つゆだくになってますよ」

さらに舌先を動かして浅瀬をかきまぜる。すると、クチュッ、ニチュッという淫らな音が響き渡った。

「ああッ、そんなにしたらダメぇっ」

友里恵が首を左右に振りたくる。しかし、それでも大きく開いた膝を閉じようとしなかった。

「つゆだくになってるの。かきまぜないで……あああッ」

「でも、どんどんお汁が溢れてきますよ。気持ちいいんでしょう」

「い、言わないで、恥ずかしい……ああッ、ダメぇっ」

恥じらっているが、本気でいやがっているわけではない。その証拠に愛蜜の量は増える一方だ。彼女はさらなる愛撫を求めている。それがわかるから、芳雄は中断せずに恥裂を執拗にしゃぶりつづけた。

「恥ずかしいのが、お好きなんですね」

二枚の女陰を交互に舐めあげては、膣口に舌先を沈みこませる。内側の粘膜をじっくりねぶりまわして、華蜜をチュウチュウ吸いあげた。

「あッ……あッ……ダ、ダメ……ダメよぉ」

友里恵の声がどんどんうわずっていく。口では「ダメ」と言いつつ、感じているのは間違いない。

まるで別人のように印象が変わっている。高圧的だったのが、すっかりしおらしくなっていた。見つめてくる瞳はねっとり潤み、さらなる愛撫を欲して呼吸を乱している。それならばと膣口に埋めこんだ舌を出し入れすれば、彼女は腰をクネクネとよじらせた。

「あンっ……あぁンっ」

せつなげな喘ぎ声を振りまき、眉を八の字に歪めていく。そして、もうたまらないとばかりに、両手で芳雄の頭を抱えこんだ。

「よ、吉浦さん……そ、そんなにされたら、わたし……」

「そんなにされたら、どうなるんですか」

女陰を一枚ずつ口に含んで、クチュクチュしゃぶりながら問いかける。すると、彼女はまっ赤に染まった顔を左右に振りたくった。

「ああンっ、いじわる……言わなくてもわかるでしょう」

すっかり甘えるような口調になっている。友里恵は我慢できなくなったのか、股間を淫らにしゃくりはじめた。

(川村さんって、もしかして……)

普段は高圧的に振る舞っているが、男に責められるのが好きらしい。感じれば感じるほど、弱気になってくる。彼女の反応を見ていると、マゾっ気があるとしか思えない。

（ようし……）

もう少し激しく責めても大丈夫だろう。まずは恥裂の上端にあるクリトリスに吸いついた。

「ひンンッ、そ、そこは……」

口に含んだだけで、友里恵が怯《おび》えたような声を漏らす。だが、見おろしてくる瞳には、期待の色も浮かんでいた。

「ここが、どうかしたんですか」

芳雄は肉芽に舌を這わせながら語りかける。

唾液をたっぷり塗りつければ、クリトリスは瞬く間に反応して硬くなっていく。充血して敏感になっているのだろう、舌先で軽く弾くだけで、女体全体に震えが走った。

「あううッ、ま、待って……」

彼女の声を無視して、唇でキュッと挟みこむ。さらにはクリトリスの頭を舌先でチロチロとくすぐった。

「はうッ、そ、そこはダメよ」

「だから、どうしてダメなんですか」

さらに唾液を塗りたくり、ジュルジュルとすすりあげる。片時も休ませることなく、次から次へと刺激を送りこんだ。

「あああッ、か、感じすぎちゃうから」

「でも、こうやって苛《いじ》められるのがお好きなんですよね」

硬くなった肉芽を、舌先でピンピン弾いてやる。とたんに女体が小刻みに震え出した。

「ひいッ、い、いいっ、そ、そうなの、苛められるのが好きなのっ」

友里恵がついに白状して、甘ったるい喘ぎ声を響かせる。女体が仰け反り、大量の愛蜜がどっと溢れ出した。

「あああッ、いいっ、気持ちいいのぉ」

昼の陽光が射《さ》しこむリビングに、人妻の喘ぎ声が響いている。

友里恵はソファに腰かけた状態で脚を大きく開き、腰を艶めかしくよじらせていた。

「お汁がどんどん溢れてきますよ」

芳雄は辱めの言葉をかけながら、クリトリスをしつこく舐めまわす。

高飛車だった人妻があられもない声をあげて悶《もだ》えているのだ。ますます興奮が高まり、愛蜜をすすり飲んでは恥裂をしゃぶりまくった。

「ああッ、吉浦さん、もうたまらないの」

「もっとしてほしいですか」

芳雄は女陰に吸いついたまま語りかける。すると、友里恵は大股開きで愛蜜を垂れ流し、ガクガクとうなずいた。

「も、もっと……お願いだから、もっと気持ちよくして」

驚いたことに、あの高圧的だった人妻が懇願してくる。

夫とはセックスレスだと言っていたが、どれだけ欲求不満をためこんでいたのだろうか。とにかく、友里恵が望んでいるのだから、もう遠慮する必要はなかった。

とがらせた舌先を膣口にズブリッとめりこませる。膣粘膜をゾロリと舐めあげれば、白い内腿が激しく痙攣した。

「あひンンッ」

とたんに昇りつめそうな嬌声が響き渡った。

友里恵は唇の端から涎《よだれ》を滴らせて、喘ぎ声を振りまいている。舌をピストンさせれば、お漏らしのように愛蜜が溢れてきた。

「あッ……あッ……いいっ、いいっ」

女体の反応はますます顕著になり、剝き出しの内腿には鳥肌がひろがっていく。このまましゃぶりつづければ、昇りつめるのは時間の問題だ。そのとき、友里恵が潤んだ瞳で見おろしてきた。

「ね、ねえ……お願いがあるの」

「どうしたんですか」

芳雄は恥裂から口を離すことなく聞き返す。膣口から舌を抜き、再びクリトリスをねぶりまわした。

「あンンっ……お、お尻も……お尻も愛してほしいの」

彼女の唇から、信じられない言葉が紡がれる。思わず股間から顔をあげて、愛蜜まみれの肛門を凝視した。

「まさか、お尻の穴をいじられるのが好きなんですか」

「ああっ、いや、言わないで」

友里恵は両手で顔を覆うと左右に振りたくった。

しきりに照れているが、期待しているのは明らかだ。肛門は刺激を求めるように、ヒクヒクと震えていた。

「じゃ、じゃあ……」

ここまで来たら、あとには引けない。とことん感じさせてやるつもりだ。芳雄は人妻の肛門にしゃぶりつき、唾液をたっぷり塗りたくる。そして、右手の中指をズブッと押しこんだ。

「ひああッ、い、いひいいいッ」

友里恵の唇から金属的な喘ぎ声が溢れ出す。さらにクリトリスをねぶりまわせば、女体がビクビクと震えはじめた。

「ひいッ、ひいいッ」

もうまともな言葉を発する余裕もないらしい。友里恵は全身を痙攣させながら、絶頂への階段を駆けあがった。

「あひぃッ、いいッ、ひぃいいッ、イ、イクッ、イクううッ！」

凄まじい声を振りまきながら、オルガスムスの大波に呑みこまれる。M字開脚の女体が、ソファの上で大きく仰け反った。

（す、すごい……すごいぞ）

芳雄は大量に溢れる愛汁をすすり飲んでいた。

正気を失うほど人妻を悶え狂わせたことで、かつてない興奮に酔いしれている。女性をこんなふうに嬲ったのは、はじめての経験だ。今まで知らなかった新たな世界に踏みこんだ気がした。

5

友里恵はソファでぐったり横たわっている。

アヌスに指を挿入されながらのクンニリングスで、女体を激しく震わせて昇りつめたのだ。しかし、彼女はそれで満足したわけではないらしい。潤んだ瞳で芳雄を見つめていた。

「ねえ……まだできるでしょう」

甘えるような声で語りかけてくる。

芳雄もまだ満足していない。先ほどフェラチオで精液を搾り取られたが、ペニスは痛いくらいに勃起している。悶える彼女の姿を目の当《ま》たりにして、欲望の炎がメラメラと燃えあがっていた。

「あの……ひとつだけ聞いてもいいですか」

芳雄は興奮を懸命に抑えて切り出した。先ほどから、ずっと気になっていたことがあった。

「美和子さんが出前に来たときも、なにかあったんですか」

芳雄が店を出るとき、美和子にゆっくりしてきていいと言われた。その台詞《せりふ》が心に引っかかっていた。

「女同士でお話をしていただけよ。夫の愚痴を聞いてもらっていたの。もしかして……いやらしいことを想像したのかしら」

「い、いや、まあ……」

「そういう趣味はないわ。やっぱり、男の人が一番よ」

アーモンド形の瞳が妖しげに潤んだ。

話しているうちに再び昂ってきたらしい。友里恵は自らワンピースを脱ぎ、さらにはブラジャーも取り去った。

これで女体に纏っているものはなにもない。双つの乳房が露になり、柔らかく揺れている。大きすぎず小さすぎず、揉み心地のよさそうなサイズのふくらみだった。

なだらかな曲線の頂点には、淡い桃色の乳首が鎮座している。まだ触れてもいないのに、充血して乳輪までぷっくり隆起していた。

「ねえ、吉浦さんも脱いで……」

友里恵がくびれた腰をよじらせる。人妻の女体はどこを取っても艶めかしく、牡の獣欲を煽り立てた。

「もう、どうなっても知りませんよ」

芳雄も服を脱ぎ捨てて裸になる。そそり勃ったペニスの先端は、我慢汁でぐっしょり濡れていた。

「ああっ、素敵……」

友里恵がソファに腰かけた状態で手を伸ばしてくる。太幹に指を巻きつけると、硬さを確かめるように強弱をつけて握ってきた。

「ううッ……」

新たな我慢汁が溢れると同時に、快楽の呻き声が漏れてしまう。すると、友里恵は指先で尿道口をヌルヌルと撫でまわした。

「くううッ、そ、そんなにされたら……」

「もう、我慢できない……ねえ、これがほしい」

友里恵の瞳がますます潤んでいく。

よほど昂っているらしい。欲情しているのを隠すことなく、ペニスを愛《いと》おしげにしごきはじめた。

「か、川村さん……おううッ」

「お願い、この太いのをちょうだい」

友里恵が艶めかしい声で懇願してくる。腰をくねらせて、呼吸をハアハアと乱していた。

「お、俺も、もう……」

昂っているのは芳雄も同じだ。

本能のまま女体をソファに押し倒すと、一気に覆いかぶさり、脚の間に腰を割りこませる。屹立したペニスを女陰に押し当てて、体重を浴びせかけながら埋めこんだ。

「い、いきなり、はあああッ」

友里恵の嬌声がリビングに響き渡る。根元までひと息に貫くと、女壺が思いきり収縮した。

「くおおおッ、こ、これは……」

芳雄は反射的に奥歯を食いしばり、たまらず呻き声を漏らして全身の筋肉を硬直させる。危うく暴発しそうになり、ギリギリのところで快感の波をやり過ごした。

（や、やばかった……）

蕩けた膣がもたらす愉悦は強烈だ。濡れそぼった襞が太幹にからみつき、ウネウネと猛烈に蠢いている。それと同時に膣口が締まり、太幹のつけ根を絞りあげてきた。

「す、すごく締まってます」

芳雄が快楽にまみれてつぶやけば、彼女は濡れた瞳で見あげてくる。そして、せつなげに腰をよじり立てた。

「ああンっ……ねえ、動いて」

友里恵はピストンを求めている。だが、この状態で動いたら、すぐに限界が来てしまう。

（な、なんとかして、ごまかさないと……）

自分だけ先に昇りつめるのは格好悪い。芳雄は射精欲を抑える時間を稼ぐため、苦しまぎれに両手で乳房を揉みあげた。

「はあンっ」

とたんに友里恵の唇から甘い声が溢れ出す。

女壺全体がうねっているが、なんとか耐えられそうだ。芳雄はここぞとばかりに、柔らかい乳房をねちっこくこねまわしにかかる。

「ああンっ……焦らすつもりなのね」

友里恵が抗議するようにつぶやいた。

ピストンせずに乳房を揉みあげたことで、焦らされていると勘違いしたらしい。それならばと、双つの乳房をじっくり揉みほぐしていく。乳首には触れないように注意しながら、ゆったりした手つきを心がけた。

その間、根元まで挿入したペニスはいっさい動かさない。膣襞がうねり、太幹の表面を這いまわっている。ピストンしたい衝動に駆られるが、一秒でも長く持続させるために耐え忍んだ。

「あンンっ……こ、こんなのって」

友里恵の腰が艶めかしくうねっている。

右に左に揺れる様子が淫らなことこのうえない。我慢が限界に達しているのだろう。頃合を見計らい、双つの乳首をキュッと摘まみあげる。とたんに女体が大きく仰け反った。

「あああぁッ、い、いいっ」

半開きになった唇からよがり声がほとばしる。快感電流が走り抜けたに違いない。硬直した女体がビクビク痙攣した。

「くおッ、ま、また締まりましたよ」

芳雄も呻き声を響かせる。すかさず尻の筋肉を引きしめて、射精欲を抑えこんだ。

「ああッ、ね、ねえ……お願い、もう許して」

いよいよ我慢できなくなったのか、友里恵は股間をクイクイしゃくりはじめる。とたんに結合部分から湿った音が響きはじめた。

「これ以上、焦らされたら、おかしくなっちゃう……ああッ、お願いだから動かして」

あの高飛車だった友里恵が、涙さえ浮かべながら懇願の言葉をくり返す。そんな姿を目にしたら、もう芳雄も我慢できなくなる。

「じゃ、じゃあ、いきますよ」

息を乱しながら語りかけると、腰をゆっくり引いていく。鋭く張り出したカリが、蕩けた膣壁をえぐるように擦りあげた。

「はうううッ、なかがゴリゴリって……」

友里恵がたまらなそうに腰をよじる。

愛蜜まみれの膣壁を摩擦される快楽に酔いしれて、白くて平らな下腹部を波打たせた。

彼女が感じているのは間違いない。芳雄は主導権を握ると、亀頭が抜け落ちる寸前でいったん動きをとめる。そして、いっぱく置いてから一気に根元まで突きこんだ。

「ふんんッ」

狭くなった膣道を再びペニスで切り開く。亀頭が女壷の奥深くに到達して、行きどまりをコツンッとたたいた。

「ひあああッ、そ、そんなに奥まで……」

友里恵が艶めかしい嬌声を響かせる。潤んだ瞳を見開くと同時に、顎を大きく跳ねあげた。

「こ、こんなのはじめて……」

「旦那さんは、ここまで届かないんですか」

芳雄は股間に体重を浴びせて、亀頭をより深い場所まで埋めこんでいく。そして、膣奥の柔らかい部分を圧迫した。

「あううッ、と、届かないわ……あの人より、ぜんぜんすごいの」

友里恵が喘ぎまじりにつぶやき、芳雄の尻たぶに手をまわしてくる。さらに奥まで求めているらしく、尻をグイッと引き寄せた。

「はああッ、深いっ、夫より奥まで来てるっ」

「ううッ、か、川村さんっ」

彼女の言葉が芳雄の気持ちに火をつける。もう、激しくピストンしたくてたまらない。くびれた腰を両手でつかむと、本格的な抽送を開始した。

「おおッ……おおおッ」

獣のように唸りながら腰を振る。男根を猛然と出し入れして、カリで膣壁を擦りまくった。

「はああッ、い、いいっ、いいっ、すごくいいのっ」

友里恵が髪を振り乱して喘ぎはじめる。ペニスの動きに合わせて股間をしゃくり、より深い場所まで積極的に受け入れていく。

「くおおおッ、し、締まるっ」

「あああッ、も、もう……あああああッ、もうダメぇっ」

焦らし責めの効果が出たのか、友里恵の喘ぎ声が切羽つまってくる。女体が大きく仰け反り、小刻みに震え出した。

「あああッ、いいっ、イクッ、イクイクッ、はあああああああッ!」

ついに最後の瞬間が訪れる。友里恵がよがり泣きを響かせて、絶頂へと昇りつめていく。乳首がビンビンにとがり勃ち、膣が猛烈に収縮した。

「このままつづけますよ……おおおッ」

芳雄はまだ昇りつめていない。上半身を伏せて女体を抱きしめると、腰を力強く振りまくる。彼女は達したのだから気を使う必要はない。自分のペースで欲望のままに快楽を貪っていく。

「ま、待って、イッたばっかりだから……ひあああッ」

絶頂した直後で敏感になっているらしい。友里恵は懸命に訴えてくるが、芳雄の欲望はとまらない。構うことなくペニスを全力で抜き差しする。

「き、気持ちいいっ、おおおおッ」

「あああッ、も、もうダメっ、本当におかしくなっちゃうっ」

友里恵が涙を流しながら絶叫する。だが、膣が痙攣しているのは感じている証拠だ。猛烈に収縮して、ペニスをこれでもかと締めあげてきた。

「くううッ、こ、これはすごいっ」

愉悦が脳髄を灼《や》きつくし、なにも考えられない。獣のように唸り、本能のままに腰を振る。カリで膣壁を擦りあげては、亀頭を最深部にたたきこむ。すると、膣がますます締まり、快感の大波が押し寄せてきた。

「くおおおおッ」

「あああああッ、ま、また、はあああッ、またイキそうっ」

友里恵も喘ぎ声を振りまき、再び絶頂への階段を昇りはじめる。芳雄の腕のなかで女体が仰け反り、ガクガクと震え出した。

「あううッ、も、もうダメぇっ、イクッ、またイクううううッ！」

またしても友里恵がオルガスムスの嵐に呑みこまれる。それと同時に膣襞が猛烈にうねり、ペニスが奥へ奥へと引きこまれた。

「くううッ、お、俺も、おおおッ、くおおおおおおッ！」

芳雄も同時に雄叫びを轟《とどろ》かせる。膣深くに埋めこんだ男根が脈動して、煮えたぎった精液が勢いよく噴きあがった。

熱い媚肉のなかで射精するのは極上の快楽だ。芳雄は全身を震わせて、ザーメンを思いきり放出する愉悦に酔いしれた。

「美和子さん、がんばってるわね」

友里恵がぽつりとつぶやいた。

身なりを整えて、すました顔でソファに腰かけている。心なしか表情が柔らかくなっていた。きっと、たまっていた欲望を発散できたのだろう。

「旦那さんが元気だったときから、よく牛丼を食べに行っていたのよ」

「じゃあ、三年以上も前からの常連さんなんですね」

芳雄も服を身に着けている。まだ気持ちは高揚しているが、おそらく、彼女とは一度きりの関係になるだろう。だからこそ、何事もなかったように接するべきだと思った。

「五年は通っているわね。それは仲のいいご夫婦だったのよ」

友里恵は遠くを見るような瞳になっている。当時のことを思い出しているのかもしれない。

「美和子さん、すごく落ちこんで……店を閉じるかと思ったわ。気丈に振る舞っているけど、本当は誰かに頼りたいんじゃないかしら」
その言葉は芳雄の心を激しく揺さぶった。自分が美和子に頼られる男になりたかった。

第三章　濡れる社長秘書

1

芳雄が「牛丼の鈴屋」でアルバイトをはじめて二週間が経っていた。まだ洗い場しか担当していないが、だいぶ仕事にも慣れてきた。昼の忙しい時間帯でも、洗いものがたまることはなくなった。

「吉浦さん、とてもいい感じよ」

ふいに背後から声をかけられる。

振り返ると、眩《まばゆ》い笑みを浮かべた美和子が立っていた。この日も白い割烹着に三角巾という、いつものスタイルだ。やさしい眼差しを向けられると照れくさくて、まともに顔を見ることができなくなった。

「あ、ありがとうございます」

小声でつぶやき、おどおどと視線をそらす。そのとき、はじめて客がひとりもいないことに気がついた。無心で洗いものをしているうちに、いつの間にか午後一時をまわっていたらしい。

「もう、すっかり一人前じゃない」

京香もからかうように声をかけてくる。

この日、京香は休みだが、買い物で近くまで来たという。その流れで立ち寄り、先ほど牛丼を食べたところだ。

「俺なんて、まだまだです」

少し緊張しながら言葉を返す。

アルバイト初日、京香に誘われて身体の関係を持った。だが、肌を重ねたのは一度きりだ。京香は夫が浮気をしており、その当てつけで誰かとセックスできればよかったのだろう。

あのときは流されてしまったが、一度きりでよかったと思う。京香は人妻だし、なにより芳雄には想いを寄せている人がいる。

（美和子さん……）

心のなかで名前を呼ぶだけでせつなくなる。

いつか気持ちを伝えたいが、美和子はいまだに亡くなった夫のことを想っている。とにかく、一刻も早く仕事を覚えて、彼女の力になりたかった。

「俺、まだ洗いものしかできないから……」

「大丈夫よ。洗いものは完璧なんだから、自信を持って」

京香はそう言って褒めてくれるが、実際のところ自分が戦力になっているとは思えない。シンクの縁に手をついてうつむくと、京香が背後にすっと歩み寄ってきた。

「その後、なにか進展はあったのかしら」

耳もとでささやかれてドキリとする。

いったい、なにを言っているのだろうか。美和子への想いは自分だけの秘密だ。京香が知っているはずがない。

「なんのことですか」

動揺を押し隠して聞き返す。すると、美和子は唇の端に笑みを浮かべた。

「美和子さんのことに決まってるでしょ」

芳雄にだけ聞こえる小さな声だ。

美和子は調理台で玉ねぎを切っており、こちらの会話に気づいていない。しかし、この状況で冷静を保っていることはできなかった。

「な、なにを……」

声が震えてしまう。全身の毛穴から汗が噴き出し、背すじをツーッと流れ落ちた。

「見ていればわかるわ。吉浦くん、美和子さんと目を合わせなかったり、しどろもどろになったりするから、すごくわかりやすいわ」

京香の声は確信に満ちている。芳雄は言葉を返せなくなり、シンクの縁を強く握りしめた。

「どうやら、図星みたいね。手伝ってほしいことがあったら言ってよ。なんでも協力するから」

「どうして、俺なんかのために……」

不思議に思って尋ねると、京香は首を小さく左右に振る。そして、再び語りかけてきた。

「吉浦くんだけじゃないわ。協力するのは、美和子さんのためでもあるの」

「美和子さんの……」

思わず背後の美和子を振り返った。

真剣な表情で牛丼の具材を準備している。美和子は夫の味を守るため、いつでも本気で仕事に取り組んでいた。

「ふたりとも好きだから、幸せになってもらいたいのよ」

京香の声はどこまでも温かい。本心だとわかるから、胸にじんわりと染み渡った。

「旦那さんを愛していたのね。でも、美和子さんも、そろそろ前に進まないと……自分が幸せになることを考えてもいいと思うの」

京香がずっとこの店で働いているのは、美和子を応援したいからだろう。しかし、美和子は亡くなった夫のことをいまだに忘れていない。浮いた話のひとつもなく、独り身を貫いている。

「じゃあ、わたしは行くわね」

邪魔者は退散とばかりに、京香はすっと背中を向ける。そして、美和子に声をかけると、そのまま帰ってしまった。

（なんか、やりづらくなっちゃったな）

小さなため息をつくと、洗いものを再開した。

京香は背中を押すつもりで言ったのかもしれない。だが、美和子とふたりきりだと思うと、ヘンに意識してしまう。これでは、まともに目を合わせることもできそうにない。

（まいったな……）

心のなかでつぶやいた直後だった。いきなり、入口の引き戸が開いて、ひとりの女性が入ってきた。

「いらっしゃいませ」

すかさず、美和子が声をかける。

いつもの朗らかな声が店内に響くが、夫を失った悲しみを抱えていると思うと複雑だった。

「い、いらっしゃいませ」

芳雄は懸命に作り笑顔を浮かべながら、女性客に視線を向ける。

（あっ、この人、前にも来てたな）

ひと目見てピンと来た。

おそらく、年は二十代後半くらいだろう。スラリとした身体をダークグレーのスーツに包んでいる。艶やかなストレートの黒髪と、いかにも仕事ができそうなキリッとした美貌に見覚えがあった。

ジャケットの襟の間から見える白いブラウスは、身体にぴったりフィットするデザインだ。胸もとは大きく盛りあがり、乳房のまるみが生々しく浮かんでいる。ブラジャーの肩紐《かたひも》がうっすら透けているのを発見して、思わず視線が吸い寄せられてしまう。

タイトスカートは膝が隠れる丈で、ナチュラルベージュのストッキングに包まれた脚がのぞいている。足首が細く締まっており、まるでモデルのような抜群のスタイルだ。

「テイクアウト、お願いします。牛丼の松をふたつ」

女性客はメニューを見ることなく、淀《よど》みのない口調で注文する。やはり、以前にも来たことがあるに違いない。確か前回も同じ注文だった。

「ありがとうございます。松をふたつ、テイクアウトですね」

美和子が復唱すると、彼女は無表情のままつぶやいた。

「早くして」

感情のこもらない声だった。

その声を聞いて思い出す。前回もそう言って美和子を急かしていた。よほど腹が減っているのか、それとも、ほかに理由があるのか。いずれにせよ、あまりいい感じはしなかった。

美和子はテイクアウト用の容器で、手早く牛丼の松をふたつ作る。それをレジ袋に入れると丁重に手渡した。

「いつもありがとうございます」

美和子が腰を九十度に折り曲げる。芳雄もレジ前まで出てきて、頭を深々とさげた。

女性客は代金をトレーに置くと、軽く会釈をして立ち去った。

「常連さんですか」

芳雄はさりげなさを装って話しかける。

女性客に興味があったわけではない。ただ単に、美和子に話しかけるきっかけがほしかった。

「ええ、よくテイクアウトしてくださるの。いつも急いでいるみたいだから、ほとんど話したことないけど」

美和子は微笑を浮かべて教えてくれる。

「必ず松をふたつ買ってくださるの。きっと会社に戻って、誰かといっしょに食べるのね。近くのオフィスで働いているんじゃないかしら」

「そうですか……」

会話をつづけたいが、上手くひろげることができない。美和子とふたりきりだと思うと、どうしても緊張感が高まった。

「もしかして、ああいう女性がタイプなの」

ふいに美和子が尋ねてくる。

興味津々といった感じの瞳を向けられて、胸の奥に微かな痛みを覚えた。想いを寄せている女性に、そんなことを訊かれたくない。芳雄は奥歯をギリッと噛むと、無理に笑みを浮かべた。

「そうじゃなくて、常連さんの顔は覚えておきたいから……」

誤解されたくなくて、それっぽい言いわけを口にする。

確かにきれいな人だったが、芳雄が本気で想っているのは美和子だけだ。しかし、美和子の心は今も亡き夫に向いている。それがわかるから、どうしても踏みこめない。

(それでも、俺はやっぱり美和子さんのことが……)

知れば知るほど惹かれていく。こうしてふたりきりになると、胸の鼓動がますます速くなる。

「あっ……」

そのとき、ふとカウンターに置いてある物が目に入った。鮮やかな黄色の長財布だ。

「さっきのお客さんの忘れ物じゃないですか」

「大変、まだ間に合うかしら」

「俺が行ってきます」

芳雄はとっさにカウンターをまわりこみ、長財布をつかんだ。美和子の力になりたい一心で、そのまま店を飛び出した。

「気をつけてね」

美和子の声が背中に聞こえる。それがうれしくて、歩道を思いきりダッシュした。

まだ、それほど時間は経っていない。走ればすぐに追いつくはずだ。ダークグレーのスーツを着て、牛丼の入ったレジ袋を持っている。彼女の姿は覚えているが、どこにも見当たらない。

(おかしいな……)

歩調を緩めて立ちどまる。

このあたりはオフィス街だ。すでに彼女はどこかのビルに入ってしまったのだろうか。手がかりは財布しかない。仕方なく中身を確認すると、同じ名刺が何枚も入っていた。

丸角《まるかく》商事　社長秘書　桜木沙織《さくらぎさおり》
複数枚あるということは、桜木沙織というのが彼女の名前に違いない。

(あの人、社長秘書なのか……)

思い返すと、ツンとした美貌はいかにも社長秘書という感じだ。

いつも「早くして」と急かすのは、社長に頼まれて牛丼をテイクアウトするからではないか。ふたつ買うのは、彼女もつき合わされて、社長といっしょに食べるからかもしれない。

名刺には会社の電話番号と住所も印刷されていた。

(すぐ近くだな)

電話をかけるより、直接向かったほうが早そうだ。

すぐに向かうと、路地を一本入ったところに丸角商事の看板が出ているビルを発見した。自動ドアが開き、なかに足を踏み入れる。広々とした空間には誰もおらず、受付のカウンターとベンチが見えた。

受付にも人影は見当たらない。まだ昼の休憩時間なのか、あるいは席をはずしているだけなのか。

(勝手に入ったら、まずいよな)

周囲を見まわすと、奥にエレベーターが見えた。

エレベーターホールの壁に案内板があるので、近くまで行って確認する。社長室は最上階の八階だ。八階には社長室と秘書室しかないようだ。彼女は社長室で、社長といっしょに牛丼を食べているのではないか。

(財布を返すだけだから……)

無人の受付に財布を置いていくわけにはいかない。

出直してくるのも面倒なので、思いきって向かうことにする。エレベーターに乗り、八階のボタンを押す。音もなくエレベーターが上昇して、あっという間に到着した。

チンッという小さな音とともに、ドアがすっと開く。臙脂《えんじ》色の絨毯が敷かれた廊下がまっすぐ伸びていた。

八階のフロアはやけに静かだ。芳雄は少し緊張しながら廊下をゆっくり進んでいく。突き当たりに木製の重厚なドアがあり、その手前の右側にもドアがある。奥が社長室で、手前が秘書室ではないか。

(でも、ちょっと待てよ……)

ふと立ちどまる。

部外者がいきなり社長室を訪れてもいいのだろうか。ほかの部署ならまだしも、社長室に直接向かうのはまずい気がしてきた。

（やっぱり、出直そう）

そう思ったときだった。

「あンっ……」

なにやら艶めかしい女性の声が廊下に響いた。

2

（な、なんだ……）

芳雄は反射的に耳をすました。

廊下の奥から聞こえる。社長室か秘書室だろう。このフロアに人がいるのは間違いない。

「はンンっ……しゃ、社長」

また聞こえた。媚《こ》びるような女の声だ。

芳雄はスーツを纏った美女の姿を思い出し、ゾクゾクするような興奮を覚えた。普段はツンとすましていても、男とふたりきりのときは甘い声をあげるのかもしれない。

（あの人が、こんな声を……）

想像すると、ますます気になってしまう。

頭の片隅ではまずいと思っている。しかし、興奮はふくれあがる一方だ。なにが行われているのか、見てみたくてたまらない。

（さ、財布を届けないと……）

芳雄は心のなかでつぶやき、再びゆっくり歩きはじめる。自分の行動を正当化して、廊下をまっすぐ進んでいく。

「あっ……はンンっ」

またしても女性の声が聞こえてくる。

どうやら、社長室のドアが少し開いているようだ。隙間から声が廊下に漏れているのだろう。

「あンっ、い、いけません……」

聞いているだけで股間が疼いてしまう。

牛丼屋で見かけた女性は、いかにも気が強そうだった。「早くして」と急かす姿が印象に残っている。

（本当に、あの女の人が……）

声のギャップにとまどってしまう。

あの女性だとしたら、あまりにも雰囲気が違っている。裏の顔をのぞくようで、ますます気分が高まった。

「どうして、いけないいんだね」

今度は男の低い声が聞こえた。

おそらく、社長だろう。思わず立ちどまるが、すぐにまた女の声が廊下に響いた。

「こ、こんな昼間から……はンンっ」

「このフロアに人が来ることはない。誰に見られるわけでもないいんだ。別に構わんだろう」

「で、でも……」

女はためらいの言葉を漏らすが、どうやら本気でいやがっているわけではないらしい。その証拠に、どこか媚びた感じがずっとしている。微かに乱れた息遣いには、甘えるような響きもまざっていた。

（な、なにを……）

社長室で行われていることを見てみたい。

この興奮を抑えることなど不可能だ。芳雄は危険だと思いつつ、再び歩きはじめる。

もはや財布を返すという目的は二の次だ。社長室で行われていることを確かめたくて仕方がない。足音を立てないように注意しながら、木製のドアに歩み寄る。このフロアには誰も来ないという油断からか、ドアがほんの少しだけ開いていた。

息を殺して、ドアの隙間に顔をそっと寄せていく。そして、ついに室内をのぞきこんだ。

（なっ……）

その瞬間、危うく叫びそうになる。喉もとまで出かかった声を、ギリギリのところで呑みこんだ。

すぐそこに黒革製のソファセットがあり、奥にどっしりとした木製のデスクが見える。そこにテイクアウトの牛丼の容器が置いてあった。

デスクの手前には、グレーのスーツを着た恰幅《かっぷく》のいい男が立っている。年齢は五十代後半だろうか。頭は見事なまでに禿《は》げあがっているが、厳めしい顔は精力の強さを現すように脂ぎっていた。

男は牛丼屋に来た女性を抱きしめている。ジャケットの内側に手を滑りこませて、ブラウスの上から乳房をこってり揉んでいた。

「しゃ、社長……会社では……」

彼女の言葉から、この男が社長だと確信する。

雰囲気から察するに、だいぶ前から密接な関係にあるのだろう。まっ昼間の社長室で抱き合い、彼女の抵抗も弱々しい。少なくとも、昨日今日の関係には見えなかった。

「あンっ、どうかお待ちください」

「もったいぶることないだろう。わたしと沙織の仲ではないか」

社長がにやけた顔で名前を呼んだ。

やはり、彼女は社長秘書の桜木沙織に間違いない。すでに何度も身体を重ねているのではないか。男と女の妖しげな雰囲気が漂っていた。

（こ、これは……）

芳雄はドアの隙間に顔を寄せた状態で固まっている。目を見開き、社長室で行われていることを凝視していた。

社長と美人秘書が抱き合っている。スーツ姿の沙織が腰をよじる姿が色っぽい。タイトスカートから伸びる脚が内股になっており、頬を桜色に染めて首を左右にゆるゆると振っていた。

「しゃ、社長……ここでは困ります」

沙織が困惑した声を漏らしている。とはいっても、本気で抵抗しているわけではなかった。

「どうして困るんだね。社長のわたしが、社長室でなにをしようが構わんだろう。それに、あの店の牛丼を食べると元気になるんだよ」

どうやら、すでに牛丼を食べたあとらしい。社長はごつい手で、彼女の乳房をこってり弄んでいる。ブラウスの上から遠慮なく揉みしだいていた。

「い、今は勤務時間中ですから」

沙織の抵抗は口先だけだ。本気で逃げようとしないどころか、まるで誘うように腰をクネクネとよじらせている。

「ああンっ……も、もう、いけません」

「ほう、キミはいつからわたしに命令できる立場になったのかな」

「い、いえ、決して命令などでは……」

沙織は慌てた様子で視線をそらしていく。

ふたりの間には男と女の爛《ただ》れた関係があるとしか思えない。牛丼屋ではいつもツンとしている沙織が、すっかり蕩けきった表情になっていた。

「では、わたしから命じよう。いつものをやりなさい」

口調こそ丁寧だが、強制するような響きがまじっている。実際、沙織はいっさい逆らうことなく、その場にひざまずいた。

(な、なにを……)

芳雄はもう目をそらすことができない。

沙織が細い指で社長のベルトを緩めていく。さらにはスラックスと水色のトランクスも引きさげると、どす黒いペニスが勢いよく跳ねあがる。すでに勃起した肉棒は、まるで巨木のようにゴツゴツしていた。

「ああっ、もう、こんなに……」

たくましい肉棒を目にして、沙織が喘ぎまじりの声を漏らす。視線は亀頭をしっかり捕らえて放さない。しかも、瞳はなにかを期待するように、しっとり潤んでいた。

「なにを躊躇《ちゅうちょ》している。もう何度もやっているだろう」

社長は鋭い目で、沙織の顔を見おろしている。今まさに淫らなことがはじまろうとしていた。

(ほ、本当に……)

芳雄の胸は期待ではちきれそうになっている。

社長のペニスを前にしても、沙織は逃げようとしない。ふたりが以前から深い関係なのは明らかだ。

「失礼します……」

沙織がつぶやき、野太いペニスの根元にほっそりした指を巻きつける。ゆるゆるとしごいて、さらなる勃起をうながした。

「おおっ、いいぞ、その調子だ」

社長は快楽の呻きを漏らすと、愛撫を求めるように腰をぐっと突き出す。すると、命じられたわけでもないのに、沙織がすかさず股間に顔を寄せて、張りつめた亀頭に唇を押し当てた。

（あんな美人が、チ×ポにキスするなんて……）

衝撃的な光景から目が離せない。

真横から眺める位置なので、沙織の表情をしっかり確認できる。睫毛《まつげ》をそっと伏せており、目の下がほんのり桜色に染まっていた。

「ンっ……ンっ……」

沙織はチュッ、チュッとついばむようなキスをくり返す。さらには舌を伸ばして、ペニスの裏スジを根元のほうから舐めあげる。

「はンっ……はあンっ」

上目遣いに社長の表情を確認しながら、舌をゆっくり滑らせる。亀頭に到達する寸前ですっと離すと、再び根元から同じことをくり返す。舐めあげるたび、裏スジが唾液で濡れ光っていく。

「うむっ、た、たまらん」

焦らされて我慢できなくなったらしい。社長が低く呻き、腰をぶるるっと震わせた。

「もう、我慢できん。咥えてくれ」

懇願するような声になっている。尿道口から透明な汁が溢れて、亀頭をしっとり濡らしていた。

「はむンンっ」

沙織が艶めかしい声とともに亀頭をぱっくり咥えこむ。

赤い口紅で彩られた唇が、張り出したカリに覆いかぶさり、ぴったりと密着する。ぽってりと肉厚の唇をキュッとすぼめて、甘く締めつけているのが遠目にもわかった。

「おおっ、気持ちいいぞ。もっと奥まで咥えてくれ」

社長が命じれば、沙織がすぐに唇を滑らせる。屹立したペニスをじりじりと呑みこみ、やがてすべてが口内に収まった。

「あふっ……ンンっ」

根元を唇で締めつけながら、舌をねちっこく使っているのだろう。湿った音が部屋中に響きはじめた。

（社長室で、昼間っからこんなことが……）

もう財布を返すことなど、頭からすっかり消し飛んでいる。芳雄は夢中になって、室内の光景を見つめていた。

「ンっ……ンっ……」

沙織が首をゆったり振りはじめる。唇を滑らせるたび、微かな声が漏れているのが色っぽい。

「その調子で頼むぞ。おおおッ、沙織っ」

よほど気持ちいいのか、社長は厳めしい顔を歪めて、ひっきりなしに快楽の呻きを漏らしている。その反応に気をよくしたのか、沙織が首の振りかたを激しくした。

「あむっ……はふっ……むふンっ」

硬くなったペニスの表面を、柔らかい唇が何度も往復する。唾液をたっぷり塗りつけられた肉竿が、ヌラヌラと黒光りしていた。

(あんなに熱心にしゃぶって……ううっ)

芳雄は思わず腹のなかで唸った。

まるで自分がフェラチオされているような気分になり、ボクサーブリーフのなかでペニスが勃起してしまう。スラックスの前が思いきり盛りあがり、痛いくらいにつっぱった。

「よし、それくらいでいいぞ。今度はわたしがやってあげよう」

社長は低い声で語りかけると、沙織に手を貸して立ちあがらせる。

そして、慣れた感じで、女体からジャケットとブラウスを脱がしていく。乳房を覆っているのは、白いシルクのブラジャーだ。双つの柔肉が寄せられることで、深い谷間を強調していた。

「ああっ……」

沙織は小さく喘ぐだけで抵抗しない。

さらにはタイトスカートとストッキングもおろされて、つま先から抜き取られてしまう。これで彼女が身に着けているのはシルクのブラジャーとパンティだけだ。だが、それも社長にあっさり奪われた。

張りのある乳房がタプンッと波打った。魅惑的な曲線の頂点では、鮮やかなピンクの乳首が存在感を示している。肌は抜けるように白く、恥丘には極薄の陰毛がそよいでいた。

「そ、そんな……」

沙織は恥ずかしげにつぶやくが、裸体を隠そうとはしない。それどころか見せつけるように、悩ましいラインを描く腰をくねらせた。

「沙織も興奮してるんだな。乳首が勃ってるじゃないか」

社長が乳首をキュッと摘まみあげる。そのとたん、女体が感電したように震え出す。

「あうぅッ、か、感じてしまいます」

「わたしのチ×ポをしゃぶって興奮したんだろう」

「は、はい……興奮しました」

沙織が潤んだ瞳でつぶやき、内腿をもじもじ擦り合わせる。呼吸も乱れており、高揚しているのは間違いない。

「机に手をついて、わたしに尻を向けるんだ」

社長も服を脱ぎ捨てて裸になると、低い声を響かせる。股間からそそり勃っているペニスは黒光りしていた。

「やっぱり、社長室では……あぁっ、お許しください」

沙織は喘ぐようにつぶやくが、抗っているのは口先だけだ。結局、言われたとおり両手を机に置き、張りのある尻を後方に突き出した。

「いい尻だ。沙織はいくつになったんだね」

社長が尻たぶを撫でまわしながら問いかける。すると、沙織は潤んだ瞳で振り返った。

「に、二十八です」

「そうか。わたしの女になってもう六年か」

決定的な言葉が社長の口から紡がれる。

やはり、沙織は愛人だった。しかも、ふたりの関係はすでに六年もつづいているらしい。

沙織が恥ずかしげにうつむくと、社長は満足げにうなずいた。そして、尻たぶを割り開き、薄ピンクの女陰を剝き出しにして亀頭を押しつける。

「いくぞ……ふんんッ」

そのまま体重を浴びせるように、肉棒をズブズブと沈みこませていく。

「あああッ」

沙織の唇から喘ぎ声がほとばしる。

立ちバックでペニスを挿入されたのだ。背中が大きく仰け反り、突き出したヒップに痙攣が走り抜ける。

「もう、グショグショではないか」

社長が声をかけながら、さらにペニスを押し進める。くびれた腰を両手でつかみ、根元まで完全に埋めこんだ。

「あああッ、い、いきなり、そんな奥まで……」

沙織は首を小さく左右に振りたくる。しかし、さらなる挿入を求めるように自ら尻を押しつけていく。

（す、すごい……こんなこと、本当にあるんだ）

芳雄は瞬《まばた》きすることも忘れていた。

頭の片隅では危険だと思いつつ、ドアの隙間から社長室をのぞいている。人のセックスをナマで見るのは、これがはじめてだ。かつてない興奮が押し寄せて、勃起したペニスは我慢汁にまみれていた。

「今日はいつにも増して感じているようだな。なにか特別なことでもあったんじゃないか」

「い、いえ、とくには……」

沙織はやんわり否定すると、身体を前後に揺らしはじめる。膣に収まったペニスが出入りして、湿った蜜音が響き渡った。

「あっ……あっ……」

「おおっ、めずらしく積極的だな。動かしてほしいのか」

社長は指先で彼女のくびれた腰を撫でまわすだけで、なかなかピストンしようとしない。すると、焦らされた沙織が振り返った。

「お、お願いです、動いてください……」

「それじゃあダメだな。教えたとおり、ちゃんと言うんだ」

どうすれば彼女が燃えるのか、知りつくしているのだろう。社長は背すじをすっと撫であげるだけで、ねちねちと焦らしつづける。女体が小刻みに震え出し、沙織が首を左右に振りたくった。

「も、もう……ああっ、もうダメです」

「焦らされて、悦《よろこ》んでるな。オマ×コがグチョグチョじゃないか」

社長が腰をゆったりまわすと、結合部分から湿った音が聞こえてくる。

彼女の尻たぶに力が入っているのは、埋めこまれたペニスを締めつけているからだ。それでも望んだ快感が得られず、女体を前後に揺らしている。大量に溢れた愛蜜で、白い内腿がねっとり濡れ光っていた。

「ああっ……お、お願いします」

「ほれ、ちゃんと言えるまで、お預けだぞ」

「ああンっ……しゃ、社長の硬いので、思いきりかきまわしてください」

ついに我慢の限界に達したのか、沙織が震える声で懇願する。焦らされつづけた女体は汗だくで、彼女は涙さえ浮かべていた。

「よく言えたな。たっぷり、かわいがってやる」

ようやく社長が腰を振りはじめる。亀頭が抜け落ちる寸前まで引き出されたペニスは、愛蜜にまみれて黒光りしていた。

「はあああッ」

カリが膣壁を擦りあげたのだろう。待ち望んだ快感を与えられて、沙織の唇から絶叫にも似た喘ぎ声がほとばしった。

「い、いいっ、な、なかが擦れて……あああッ」

彼女の反応に気をよくしたのか、社長が力強く男根を出し入れする。腰をグイグイ振り立てて、野太いペニスで女壺をえぐりまわす。おそらく、自分も我慢していたのだろう。いきなりの激しいピストンだ。

「これか、これがほしかったのかっ」

「そ、そうです、あああッ、これがほしかったんです」

沙織も否定することなく快楽に溺れていく。ペニスを埋めこまれるたび、背中を大きく仰け反らせる。抽送に合わせて、たっぷりした乳房がタプタプ揺れるのも色っぽい。乳首はとがり勃ち、乳輪までふくらんでいた。

「ああッ、い、いいっ、あああッ、気持ちいいですっ」

「おおおッ、わたしも気持ちいいよ」

沙織が喘げば社長も唸る。ふたりは息を合わせて腰を振り、同時にどんどん高まっていく。昇りつめることしか頭にないのだろう。社長がペニスを突きこめば、沙織はヒップを突き出して奥の奥まで受け入れた。

「あああッ、いいっ、すごいです……も、もうイッてもいいですか」

早くも絶頂が迫ってきたらしい。沙織が潤んだ瞳で振り返り、切羽つまった声で許可を求める。

「わ、わたしと同時にイクんだ……」

社長も昂っているのは明らかだ。顔をまっ赤に染めて、腰の動きを加速させる。愛蜜を飛び散らせながら、ペニスを勢いよく打ちこんだ。

「ああッ、ああッ、い、いいっ」

「だ、出すぞっ、出すぞっ、おおおッ、くおおおおおおおおおッ！」

「あああッ、す、すごいっ、ひあああッ、イ、イクッ、イクイクうぅッ！」

ついに、ふたりが同時に昇りつめていく。アクメの大波が押し寄せて、あっという間に呑みこまれた。

社長の呻き声と沙織のよがり泣きが交錯する。男の尻に力が入り、女体が思いきり痙攣した。熱いザーメンが注ぎこまれたに違いない。ふたりは折り重なるようにして、絶頂の海に溺れていった。

3

芳雄は牛丼屋に戻って午後の仕事をこなしながらも、丸角商事でのぞき見た光景を何度も思い返していた。

――イ、イクッ、イクイクうぅッ!

沙織が放ったアクメの嬌声が、まだ鼓膜にしっかり残っている。

(まさか、あんなにきれいな人が……)

確かに自分の目で見たはずなのに、時間が経つと夢だったような気がしてくる。

いつもテイクアウトで買っていく沙織は、スタイル抜群で都会的な美貌の持ち主だ。彼女が店に忘れていった財布を届けようとして、偶然、衝撃的な場面に出くわした。

いけないと思いつつ、つい最後までのぞいてしまった。

なにしろ、あのいかにも仕事ができそうな女性が、脂ぎった社長のペニスをしゃぶっていたのだ。声をかけられるはずもなく、芳雄は社長室のドアの前に財布を置いて逃げ帰った。

あとで財布を見つけたとき、沙織はそこに落としただけだと思うだろう。のぞき見していたことは、沙織にも社長にもばれていない。芳雄が黙っていれば問題にはならないはずだ。

(大丈夫、忘れるんだ)

心のなかで自分に言い聞かせる。

美和子に報告していない。のぞき見したことなど言えるはずもないし、沙織と社長の関係を耳に入れる必要もないだろう。忘れ物の財布は、丸角商事の受付に預けてきたと嘘をついた。

気を取り直して仕事に集中する。昼ほどではないが、夕飯時もそれなりに忙しい。洗いものに追われているうちに、いつの間にか閉店時間の夜十時になっていた。

「今日も一日お疲れさま」

美和子は入口の暖簾をさげると、柔らかい笑みを向けてくれる。

いつもなら、これだけで幸せな気持ちになれるが、今日は沙織のことがあるため胸がモヤモヤしていた。

忘れようと思ったが、そう簡単に忘れられるはずがない。

沙織と社長がセックスしていた。その一部始終を目撃してしまったのだ。おかげで、午後は股間がずっとムズムズしていた。

「お疲れさまでした。今日も忙しかったですね」

芳雄は平静を装い、なんとか受け答えする。後ろめたさがこみあげるが、表情には出さないように抑えこんだ。

「毎日、忙しいけれど、吉浦さんがいるから心強いわ。明日もがんばりましょうね」

美和子が目を細めて見つめてくる。割烹着姿で純粋そうな笑みを浮かべる姿が眩かった。

美和子は亡き夫が大切にしてきた牛丼屋を懸命に守っている。普段、口にすることはないが、よほど夫のことを愛していたに違いない。芳雄はそんな彼女に惹かれて、応援しようと心に決めた。

(でも、美和子さんは俺のことなんて……)

まったく恋愛対象に入っていない。おそらく、芳雄の想いは永遠に一方通行のままだ。

最初はそれでも構わないと思っていた。美和子のそばにいて、少しでも支えることができればそれでよかった。だが、いっしょにいる時間が長ければ長いほど、恋心はどんどんふくらんでいく。決して叶《かな》うことはないのに、彼女への想いをとめられなかった。

「戸締まりしたら帰るから、吉浦くんは先にあがってください」

「はい。じゃあ、お先に失礼します」

芳雄は一礼すると、入口から表に出た。

夜十時をすぎているが、駅が近いので多くの人が歩いている。仕事帰りなのか、疲れた顔をした人が多かった。

(俺も、あんな顔をしてたな……)

ふと以前までの自分を思い返す。

ノルマに追われて、毎日、ヘトヘトになるまで働いていた。今はアルバイト生活だが、商社勤めのときより充実している。なにより、好きな人のために働いているという喜びが大きい。

「こんばんは」

ふいに声をかけられてドキリとする。

振り返ると、スーツ姿の女性が立っていた。丸角商事の社長秘書である沙織だ。まるで内心を探るように、まっすぐ見つめてくる。芳雄は思わずあとずさりしそうになり、なんとか踏みとどまった。

「こ、こんばんは……」

とてもではないが、平常心でいられない。挨拶する声が、あからさまに震えてしまう。

昼間、沙織が社長のペニスをしゃぶり、さらにはセックスしているところをのぞき見した。ずっと気になっていたところに、張本人が現れたのだ。動揺を隠せるはずがなかった。

（あ、慌てるな。気づかれていないはずだ）

心のなかで自分自身に言い聞かせる。

のぞかれていたことを彼女は知らない。芳雄がぼろを出さなければ、やり過ごせるはずだ。しかし、見つからないように帰ったのに、どうして彼女はここにやってきたのだろうか。

「あなた、うちの会社に来たでしょう」

沙織が唐突に尋ねてくる。まるで確信しているような言いかただ。

「今日のお昼、牛丼を買ったとき、カウンターにお財布を置き忘れたの。会社に戻ってから気づいて、お店まで取りに行こうとしたら、なぜか社長室の前の廊下にお財布が落ちていたのよ。なぜかしら」

淡々とした口調だが、咎めるような響きがまざっている。

いや、疚《やま》しいところがあるから、そう聞こえるだけかもしれない。ここは平静を装うべきだ。しかし、彼女が一歩踏み出したことで、芳雄は気圧されて後退した。

「そ、それは……」

思わず言葉につまってしまう。

なにか様子がおかしい。まさか社長室をのぞいていたことが、ばれたのだろうか。ばれていないとしても、なにかを疑っているのは間違いない。必死に言いわけを考えるが、とっさになにも浮かばなかった。

「す、すぐに追いかけたんですが、姿が見つからなかったので……お財布のなかを拝見して……」

素直に名刺を見たことを打ち明ける。その間、沙織は相づちも打たず、無表情で聞いていた。

「受付に人がいたでしょう」

「それが、ちょうど誰もいなくて……」

「それで、社長室まであがってくることができたのね」

相変わらず感情のこもらない平坦な声だ。

見つめられると、なにも言えなくなる。これでは、廊下に財布を置いたのは自分だと白状したようなものだ。

「か、勝手に入って……す、すみません」

財布を届けるためでも、不法侵入になるのだろうか。小声で謝罪するが、沙織はなにも言ってくれない。無言の時間が罪悪感を刺激する。数秒後、彼女は再び口を開いた。

「少しお時間よろしいかしら」

いよいよ本題に入るらしい。

不法侵入のことなのか、それとも社長室をのぞいたことなのか、いずれにせよ、厳しく追及されそうな雰囲気だ。

「こ、ここでは、ちょっと……」

芳雄は牛丼屋の入口をチラリと見やった。

美和子が店から出てくるのではと気が気でない。彼女にだけは、昼間のことを知られたくなかった。

「それでは、場所を変えましょう」

沙織はそう言って歩きはじめる。

丸角商事のビルに許可なく入り、社長室をのぞいたのは事実だ。自分に非があるのだから、おとなしく従うしかない。なにより、今は牛丼屋から離れておきたかった。

なぜか沙織は駅の裏のほうへと向かっている。てっきり丸角商事に行くと思っていたが、明らかに違っていた。

(ど、どこに連れていかれるんだ……)

いやな予感が湧きあがってくる。

考えてみれば、沙織は社長の愛人だ。もしかしたら、やばい連中が待ち受けていて、ヤキを入れられるのではないか。

「の、のぞいたりして、すみませんでした。誰にも言いませんから、許してください」

恐怖に耐えかねて震えながら謝罪する。すると、沙織が歩調を緩めて振り返った。

「なにか勘違いをされているようね」

先ほどまでと雰囲気が変わっている。なぜか彼女の口もとには、微かな笑みが浮かんでいた。

「とにかく、誰かに聞かれたら困るからついてきて」

沙織はそう言って、どんどん歩いていく。芳雄はわけがわからないまま、彼女のあとを追いかけた。

「ど、どういうことなんですか」

「お財布を届けてくれて、ありがとう」

不安に駆られて問いかけるが、彼女は礼を言うだけで答えてくれない。それどころか、逆に質問を投げかけてくる。

「名刺を見たのなら、わたしの名前は知ってるわね。あなたのお名前も教えていただけるかしら」

そう言われたら、答えないわけにはいかない。芳雄は額に冷や汗を滲ませながら正直に名乗った。

「芳雄さんね。ご結婚はされてるの」

「ど、独身です……」

「それなら、ひと晩つき合ってもらうわ」

沙織はさらりと言い放ち、そのまま歩いていく。

背中を向けているので表情はわからない。しかし、ふたりを取り巻く周囲の空気が、ねっとり重くなった気がした。

いた。

どぎついネオンの光が目に入る。いつの間にか、ふたりはホテル街を歩いていた。

いったい、どういうつもりで言ったのだろうか。

（じょ、冗談……だよな）

4

数分後、ふたりはラブホテルの一室に入った。

ショッキングピンクの光がダブルベッドを照らしている。バスルームはガラス張りで、なかがまる見えだ。部屋の隅には、大人のオモチャの自動販売機が設置されていた。

沙織がジャケットを脱ぎ、ベッドにすっと腰かける。

白いブラウスの胸もとが大きくふくらみ、ブラジャーのラインがうっすら透けている。座ったことでタイトスカートがずりあがり、ストッキングに包まれた太腿がチラリとのぞいていた。

（ど、どこを見てるんだ）

心のなかでつぶやき、慌てて視線をそらす。

しかし、美しい社長秘書とラブホテルでふたりきりなのだ。どうしても、女体に意識が向いてしまう。

「あなたも座ったら」

沙織が落ち着いた感じで声をかけてくる。

いったい、どういうつもりなのだろう。なにか話をするにしても、ホテルでふたりきりというのはおかしい気がする。芳雄はとまどいながらもベッドの端に腰をおろした。

「昼間、社長室をのぞいていたわよね」

沙織が確認するように尋ねてくる。

今さら嘘をついても仕方がない。下手に言いわけすれば、ますます怒りを買う気がする。ここは誠心誠意、謝罪するしかない。

「す、すみませんでした」

立ちあがると、頭を深々とさげる。すると、彼女が小さく息を吐き出すのがわかった。

「怒っているわけではないの。とにかく、座って」

うながされて、芳雄は再びベッドに腰をおろす。落ち着かないが、とにかく話を聞くしかない。

「のぞいたことを責めるつもりはないわ。ただ、いろいろ確認しておきたいことがあるの」

「確認……ですか」

今ひとつ意味がわからない。思わず聞き返すと、彼女は口もとに微笑を浮かべてうなずいた。

「もうわかっていると思うけど、わたしは社長の愛人よ」

沙織はそう言って、芳雄のすぐ隣に移動してくる。そして、至近距離から横顔をじっと見つめてきた。

(な、なんだ……)

瞬間的に緊張がこみあげる。隣を見ることができなくなり、芳雄は前を向いたまま固まった。

肩と腕、それにタイトスカートに包まれた太腿が触れている。彼女が意識的にやっているのは間違いない。わけがわからないまま、欲望がふくれあがってしまう。

「本気で愛しているわけではないわ。社長秘書の立場を守るためには断れなかったの」

淋しげな声だった。

社長の前では積極的だったが、どうやら気持ちはないらしい。つまりは身体だけの関係ということだ。

「ま、まさか、無理やり……」

いやな予感がこみあげる。はっとして隣を見やると、沙織は首を小さく左右に振った。

「社長から迫ってきたのは確かだけど、断ることもできたわ。結局、わたしが自分の意志で受け入れたの」

「で、でも……」

それは権力を笠《かさ》に着たセクハラではないか。出るところに出て訴えれば、確実に勝てる事案だ。

「割りきってるからいいの。特別な手当てもたくさんいただいてるしね」

どうやら、沙織は納得しているらしい。そういうことなら、芳雄の出る幕はなかった。

「俺、誰にも言いません。では——」

一刻も早くこの場から離れたい。立ちあがろうとしたとき、彼女の手が太腿に重なってきた。

「まだ社長秘書をつづけたいの。だから、絶対にばらされたら困るのよ」

これまでにないほど真剣な表情で語りかけてくる。

社長秘書であることは、彼女にとって最高のステータスなのではないか。だからこそ、これほど必死になっているのだ。

「や、約束します、誰にも——」

「口約束なんて信用できないわ」

芳雄の声は、沙織の強い言葉にかき消される。その直後、彼女の手が股間に伸びてきた。

「ちょ、ちょっと、なにしてるんですか」

いきなり、ベルトを緩めたと思ったら、スラックスを引きさげられる。そして、ボクサーブリーフの上からペニスを握られた。

「ううッ……」

「やっぱり、もう硬くなってるじゃない」

沙織がうれしそうな声をあげる。

じつは、ホテルに入った時点で期待が芽生えていた。密室でふたりきりなのだから当然だ。それでも、頭ではいけないと思っていた。しかし、ペニスが勃起するのは抑えられなかった。

「す、すみません」

「芳雄さんが謝る必要はないのよ。わたしは、人に言えない秘密を共有したいだけだから」

つまり、芳雄の秘密を握り、それを口止めの材料にするつもりらしい。

沙織はボクサーブリーフもずらしてペニスを剝き出しにすると、躊躇することなく亀頭を口に含んだ。

「ちょ、ちょっと……ううぅッ」

熱い吐息がペニスの先端を包みこみ、芳雄は思わず体を仰け反らせる。背後に両手をつき、股間を突き出すような格好になった。

「はああンっ……若い人のオチ×チン、久しぶりだわ」

沙織はくぐもった声でつぶやき、亀頭に舌を這わせてくる。まるで飴玉のようにヌルヌル舐めまわされて、蕩けるような快感がひろがった。

「くおおッ、こ、こんなことされたら……」

こらえきれない呻き声が溢れてしまう。

この快楽に抗えるはずがない。抵抗力は一瞬で消え去り、芳雄はたまらず全身を震わせた。

「あふッ……むふンッ」

彼女の甘い声とともに、そそり勃った肉棒が少しずつ呑みこまれていく。柔らかい唇が、硬直したペニスの表面を擦りあげる。やがて、根元まですべて口内に収まった。

沙織は休むことなく首を振りはじめる。深々と咥えこんだペニスを、ゆっくり吐き出していく。唾液をたっぷり塗りつけながら、唇をスローペースでスライドさせた。

「おおッ……おおおッ」

快楽の呻き声がとまらない。少ししゃぶられただけで、大量の我慢汁が溢れ出し、全身の細胞がザワザワと騒ぎはじめる。

「き、気持ちいい……さ、沙織さんっ」

「やっと名前を呼んでくれたわね。そうじゃないと盛りあがらないわ」

沙織はうれしそうにつぶやき、首をリズミカルに振りはじめた。

「くおおッ、こ、これは……」

よりいっそう大きな愉悦が押し寄せる。

首のひねりを加えながらのローリングフェラだ。もしかしたら、社長に仕込まれたのかもしれない。いずれにせよ、かなりの経験を積んでいるのは間違いなかった。

「はンっ……あふっ……あンンっ」

沙織の鼻にかかった声も色っぽい。唾液と我慢汁にまみれたところを唇でヌルヌル擦られて、瞬く間に射精欲がふくれあがる。

「くううッ、す、すごい……おうううッ」

芳雄はもう呻くことしかできない。一瞬でも気を抜けば、あっという間に達してしまう。それほどまでの愉悦がひろがっていた。

沙織は社長の愛人だけあって、男を悦ばせるテクニックに長《た》けている。唇の締めつけ具合にねちっこい舌の動き、首を振る速度も絶妙だ。絶妙に焦らしながら、牡の欲望を煽っていた。

「さ、沙織さん……うむむッ」

「気持ちいいのね。でも、まだまだこれからよ」

沙織はいったんペニスを吐き出すと、濡れた瞳で見あげてくる。隣に座った状態で身体を寄せて、指でペニスをシコシコしごいていた。

「もっと気持ちいいことしてあげる。ふたりだけの秘密にしてね」

「こ、こんなことしなくても……」

秘密を口外するつもりはない。呼吸を乱しながらつぶやくが、彼女は聞く耳を持たなかった。

「口約束は信用できないわ。身体を使った約束じゃないと」

沙織はベッドから降りると、芳雄の目の前にひざまずく。膝の間に入りこみ、そそり勃ったペニスに両手を添えてきた。

「やっぱり若いってすごいわ。社長とぜんぜん張りが違うもの」

「お、俺、そんなに若くないですよ」

「芳雄さんっていくつなの」

沙織がペニスに指を巻きつけながら質問する。そして、答えをうながすように、ゆるゆるしごきはじめた。

「さ、三十です」

「若いじゃない。わたしとふたつ違いよ」

自分が年下とわかっても、沙織の態度は変わらない。どこか見下した感じだが、なぜかいやな気はしなかった。

「もっと脚を開いて」

「こ、こうですか」

「そうよ。それでいいわ……はンンっ」

沙織は股間に顔を寄せると、陰嚢に舌を這わせてくる。予想外の愛撫で、全身に震えが走った。

「おううッ、そ、そんなところまで……」

執拗に舐めまわされて、皺の隙間に唾液を塗りこまれる。さらには陰嚢を口に含むと、睾丸をクチュクチュと転がされた。

「うッ、ううッ……き、気持ちいいっ」

たまらず快楽の声が漏れてしまう。

すると、沙織は手応えを感じたのか、集中的に陰嚢を愛撫まわしてくる。唾液をまぶしては睾丸を弄び、指で竿をしごかれてしまう。だからといって絶頂は与えられず、焦らし責めにかけられた。

我慢汁がとまらなくなり、ペニスが蕩けそうな感覚に襲われる。沙織は陰嚢をさんざん舐めまわして、ようやく股間から顔をあげた。

「ねえ、もっといいことしたいでしょ」

「も、もっと……いいこと……」

もう、なにも考えられない。

快楽に翻弄《ほんろう》されて、頭のなかまでショッキングピンクに染まっている。ペニスは皺袋まで唾液にまみれており、トロトロに蕩けていた。この先にあることといえば、ひとつしか思い浮かばない。

「わたしの言うとおりにすれば、天国に連れていってあげる」

沙織はそう言って、芳雄の服をすべて剝ぎ取った。そして、ベッドの中央で仰向けになるようにうながしてくる。

「な、なにを……」

「ふたりで天国に行きましょう。せっかくだから、わたしも気持ちよくなりたいわ」

「さ、沙織さんも……」

「ええ、たまには若い人と楽しみたいもの」

意外な言葉だった。社長に抱かれてずいぶん感じていたように見えたが、じつは満足していなかったのだろうか。

「社長が相手だと、なにかと気を使うの。自分が気持ちよくなる前に、社長のことを感じさせないといけないから」

説得力のある言葉だった。どうやら、愛人稼業も楽ではないらしい。

沙織は服を脱ぐと、均整の取れた女体を惜しげもなくさらした。張りのある瑞々《みずみず》しい乳房がタプンッと弾む。股間にそよいでいる陰毛は極薄で、恥丘に走る縦溝が透けていた。

「見て……社長だけに抱かせるなんて、もったいないでしょう」

よほど自分の身体に自信があるらしい。沙織は頬を赤らめながらも女体を見せつけてきた。

そして、仰向けになっている芳雄の上に、逆向きになって覆いかぶさってくる。いわゆる、シックスナインの体勢だ。芳雄の顔をまたいで、沙織はペニスを見おろす格好になっていた。

（おおっ、これが、沙織さんの……）

目の前にピンクの女陰が迫り、芳雄は腹のなかで唸った。

女体が密着する感触も心地いい。こうして折り重なっているだけで、ペニスがさらに大きく反り返った。

「素敵よ。社長より芳雄さんのほうがずっと大きいわ」

やはり沙織は男が悦ぶツボも把握している。うれしいことをつぶやき、亀頭をぱっくり咥えこんだ。

「くうウッ、き、気持ちいいっ」

柔らかい唇がカリ首に密着して、舌先で尿道口を舐められる。熱い吐息が吹きかかり、腰がブルルッと震えあがった。

このままだと、あっという間に達してしまう。芳雄は反撃とばかりに彼女のヒップを抱えこみ、目の前の女陰にむしゃぶりついた。

「あああッ、い、いいっ」

沙織の嬌声がラブホテルの一室に反響する。

すでに女陰は大量の華蜜で潤っており、口が軽く触れただけで女体に震えが走り抜けていく。芳雄は口を密着させると華蜜を思いきり吸いあげて、さらには柔らかい陰唇に舌を這わせた。

「ああッ、上手よ、あああンッ」

沙織が腰をよじって喘いでいる。芳雄の顔をまたいで重なり、ペニスをしゃぶりながら感じていた。

「もう、グッショリじゃないですか」

芳雄は二枚の女陰を交互に舐めている。恥裂から溢れる華蜜をすすりながら、同時に刺激を与えていた。

「ああンっ……芳雄さんも気持ちよくなって」

沙織がペニスを深く咥えこんだ。

唾液と我慢汁でコーティングされた太幹を擦られて、さらには亀頭を舌でやさしくしゃぶられる。震えるほどの愉悦が全身にひろがり、脳髄までトロトロに蕩けはじめた。

「おおおッ、き、気持ち……おおおおッ」

思考がぐんにゃり歪んでいく。射精欲がふくらむなか、なんとか彼女を絶頂に追いあげようと愛撫を加速させた。

女陰を執拗にしゃぶり、クリトリスを転がしていく。愛蜜と唾液を塗りつければ、充血してぷっくりふくれあがる。そこをさらに舌で刺激すると、女体が凍えたようにガクガク震えはじめた。

「ああッ、そ、そこは感じすぎちゃうから……はあああッ」

あの沙織が甘い声を振りまいて感じている。もうフェラチオもできないらしく、ペニスを握りしめて今にも昇りつめそうになっていた。

「クリトリスが好きなんですね」

「そ、そうなの、社長はあんまり舐めてくれないから……」

「それなら、俺がたっぷり舐めてあげますよ」

芳雄は硬くなった肉芽をねぶりまわし、わざと音を立ててチュウチュウ吸いまくった。

「はあああッ、い、いいっ、気持ちいいっ」

沙織があられもない声を振りまいている。

社長室をのぞき見たときより、ずっといい声だ。社長は奉仕を要求するほうが多いのではないか。愛人を喘がせることより、自分の快楽を優先しているに違いない。

「それなら、こっちの穴を気持ちよくしてもらったことなんて、一度もないんじゃないですか」

芳雄は彼女のヒップを強く抱き寄せると、臀裂《でんれつ》を左右に割り開き、くすんだ色のアヌスに吸いついた。

「ひあぁッ、そ、そこはダメぇっ」

とたんに沙織の唇から金属的な嬌声がほとばしる。女体がビクッと反応して尻の筋肉にも力が入った。

「やっぱり、お尻ははじめてなんですね」

芳雄は舌先で肛門の皺を舐めあげて、唾液をたっぷり塗りつけていく。

「ひぃッ……いひぃッ」

沙織はまともにしゃべることもできず、ヒイヒイと喘ぎまくった。

「もっと感じていいんですよ」

あと一歩のところまで来ている。芳雄は尻穴にむしゃぶりつき、それと同時に指を膣に埋めこんだ。

「あひぃッ、そ、そんな、ひあああッ、イ、イクッ、イクぅぅッ！」

ついに沙織は腰を激しくよじり、アクメのよがり泣きをほとばしらせる。女体がバウンドするように波打ち、全身の毛穴から汗が噴き出した。

「ああっ、すごかったわ……」

沙織が呆《ほう》けた声でつぶやいた。

芳雄と沙織はラブホテルのダブルベッドに並んで横たわっている。彼女の乱れた息遣いだけが静かな空間に響いていた。

沙織はシックスナインで昇りつめたが、芳雄はペニスをいきり勃たせたままだ。沙織が股間に手を伸ばしてくる。太幹に指を巻きつけると、芳雄の顔を見つめてきた。

「硬い……社長とぜんぜん違うわ」

手首を返してゆったりしごいてくる。とたんに先端の鈴割れから透明な汁が滲み出した。

「ううっ……さ、沙織さん」

「ねえ、わたしと秘密を共有してくれるでしょ」

耳もとでささやかれると、それだけで欲望が爆発的にふくれあがる。芳雄は思わずガクガクとうなずいた。

「じゃあ、芳雄さんは、じっとしていて」

沙織はゆっくり身体を起こすと、芳雄の股間にまたがってくる。両膝をシーツにつけた騎乗位の体勢だ。

仰向けの状態で見あげれば、張りのある乳房とくびれた腰の曲線が強調される。見事な女体が、艶めかしい絶景を作り出していた。

「いつも社長に合わせてるから……たまには、自分のペースで気持ちよくなりたいの」

沙織は太幹に手を添えると、張りつめた亀頭を膣口へと導いた。

(さ、沙織さんのアソコに……)

ペニスの先端が女陰に触れている。今にも溶けそうな柔らかさが伝わり、頭のなかがまっ赤に染まった。

「すぐにイカないでね」

沙織がゆっくり腰を落としはじめた。

硬直した肉槍の穂先が、女陰の狭間に軽くはまる。そのままズブズブと沈みこみ、瞬く間に根元まで収まった。

「い、いきなり奥まで……くううッ」

芳雄はとっさに奥歯を強く嚙んだ。

ペニスに熱い媚肉がからみつき、無数の襞《ひだ》が這いまわってくる。華蜜で滑る感触がたまらず、反射的にグイッと股間を突きあげた。

「あああッ、ふ、深いっ、あああンっ」

沙織が背中を反らして、腰を艶めかしくよじらせる。

亀頭が膣の最深部に到達したのだ。沙織は押し寄せる快楽に身をまかせて、さっそく腰を振りはじめた。芳雄の腹に両手を置き、陰毛を擦りつけるような前後動だ。

「そ、それ、すごいです……くううッ」

射精欲が急激にふくれあがる。危うく暴発しそうになり、理性を総動員して懸命に耐え忍んだ。

「ああッ……あああッ……」

沙織が我慢できないとばかりに腰を振る。尻を弾ませるような上下動だ。そそり勃った肉棒が出入りして、快感がどんどん高まっていく。

「おおッ……おおおッ」

芳雄も耐えきれずに股間を突きあげる。深くえぐりこませると、膣道が思いきり収縮して愉悦の波が大きくなった。

「あああッ、い、いいっ、いいっ」

「さ、沙織さんっ、おおおッ」

ふたりの動きが一致することで、興奮が一気に加速する。息を合わせて腰を振り、敏感な粘膜同士を擦り合わせた。

ペニスが勢いよく出入りをくり返し、結合部分から湿った音が響き渡る。我慢汁と愛蜜がまざり合い、股間はお漏らしをしたような状態だ。女壺で締めあげられるたび、新たな快感の大波が次々と押し寄せた。

「き、気持ちいいっ、くううッ」

「ああッ、わ、わたしも、あああッ、気持ちいいっ」

言葉を交わすたびに高揚する。最後の瞬間が近づいていることを悟り、ふたりはさらに激しく腰を振り立てた。

「おおおッ、も、もうっ……おおおおッ」

「あンっ、硬い、すごく硬いわ、はあああッ」

沙織の反応が顕著になる。双つの乳房がプルンッと弾み、白い下腹部がビクビクと波打った。

「も、もうダメっ、あああぁッ、イキそうっ」

「お、俺も、おおおッ、で、出るっ、出る出るっ、おおおおおおッ！」

我慢できなくなり射精する。熱い膣粘膜に包まれて、ペニスが勢いよく脈動した。全身が蕩けるような快楽のなか、芳雄は雄叫びを響かせた。

「あああッ、いいっ、すごくいいっ、イクッ、イクイクううッ！」

沸騰したザーメンを膣奥で受けて、沙織も一気に昇りつめる。よがり泣きを振りまき、女体をビクビクと震わせた。唇の端から涎を垂らして、いつまでも腰を振りつづけた。

第四章　淋しい未亡人

1

芳雄が「牛丼の鈴屋」でアルバイトをはじめて一カ月が経っていた。

相変わらず洗い場の担当だが不満はない。それどころか、ひとつの仕事をまかされることに喜びを感じている。

自分が洗いものを完璧《かんぺき》にこなすことで、美和子はほかの仕事に集中できるのだ。実際、何度か感謝の言葉をかけられている。彼女の力になっているという実感が、芳雄のやりがいとなっていた。

丸角商事の社長秘書である沙織は、今でもときどき牛丼を買いに来る。必ず牛丼の松のつゆだくをふたつテイクアウトするので、社長の愛人をつづけているのだろう。

沙織とは一度きりの関係だ。互いの秘密を握り合うことで、彼女は満足したらしい。少し惜しい気もするが、深入りするべきではない。なにより、芳雄には気になっている人がいる。

（美和子さん……）

心のなかでつぶやくだけで、胸に熱いものがひろがっていく。

シンクの前に立つと、美和子の顔を見ることはできない。それでも、背中で気配をしっかり感じている。淑やかで働き者なだけではなく、心まで美しい女性だ。いまだに夫のことを思っているのは残念だが、一途《いちず》なのも彼女の魅力のひとつとなっている。

もとはといえば、勤めていた商社が業績不振で倒産して、仕方なくはじめたアルバイトだ。ほんの腰かけのつもりだったが、今は美和子といっしょに働けることに喜びを感じていた。

今日は京香も出勤しているので三人体制だ。美和子が盛りつけをして京香が配膳、芳雄は洗い場に立っている。

京香とセックスしたのは、アルバイト初日のことだった。

あれから誘われることはない。だが、一線を越えたことで、ふたりの間に特別な絆《きずな》が生まれた気がする。いっしょにいても、気まずさを感じることはなくなった。

（このバイトをはじめて、本当によかったな）

そんなことをしみじみ思いながら、手ぎわよく丼やお椀を洗っていく。

「どうも、ありがとうございました」

涼やかな声が店内に響き渡る。背後をチラリと見やれば、割烹着に三角巾をつけた美和子が微笑を浮かべていた。

（ああっ、やっぱりいいなぁ）

心のなかでつぶやき、ついうっとり見惚れてしまう。そのとき、店の電話が着信音を響かせた。

「牛丼の鈴屋です。はい、牛丼の松、つゆだくですね」

電話を取ったのは京香だ。どうやら出前の注文らしい。

そのやり取りを聞いて、美和子が牛丼の準備をはじめる。芳雄は洗いものを中断すると、出前の準備に取りかかった。ところが、電話を切った京香がすっと近づいてきた。

「わたしが行くから、吉浦くんは……ね」

そうつぶやき、美和子の横顔を意味深に見やる。ちょうど客足が途絶えており、しかも昼の営業が終わる午後二時になるところだ。

「ふたりきりになれるチャンスなんだから、がんばりなさい」

どうやら、気を使ってくれたらしい。京香は芳雄の気持ちを知っており、こうしてちょくちょく煽ってくるのだ。

「い、いや、別に――」

「なに言ってるの。いつもチラチラ見てるくせに」

京香が耳もとでささやいた。

確かに、芳雄はときどき美和子のことを見ている。さりげなさを装っていたつもりだが、気づかれていたらしい。

「顔、赤くなってるわよ」

からかいの言葉をかけられて、ますます顔が熱くなる。芳雄はなんとかごまかそうと、前を向いて洗いものを再開した。

「見てるだけでいいのかしら」

なおも京香が小声で語りかけてくる。

「そんなこと言われたって、美和子さんは今でも……」

思わず反論すると、京香は唇の前で指を立てて背後を確認する。美和子に聞こえていないことを確認して、再び口を開いた。

「そうね、美和子さんは今でも旦那さんのことを想っているわ。でも、それとこれとは話が別よ」

「どういうことですか」

今度は小声で問いかける。すると、京香は唇に微かな笑みを浮かべた。

「美和子さんだって淋しいのよ。そろそろ、誰かが幸せにしてあげないと。でも、普通の男ではダメよ。旦那さんへの想いも含めて、すべてを包んであげられるような大きな男じゃないとね」

同性だけあって、京香の意見は説得力がある。だが、彼女の言う大きな男に自分はなれるだろうか。

「俺なんかじゃ――」

「女は押しに弱いの。迷ってないで押しの一手よ」

京香はそう言ってウインクする。

心に響く言葉だが、なかなか勇気が出ない。どうしても、断られたときのことを考えてしまう。美和子のそばにいられなくなるのが怖かった。

「牛丼の松のつゆだく、あがりました」

美和子が声をかけてくる。京香は芳雄の肩をポンとたたき、何事もなかったように振り返った。

「出前、わたしが行ってきます。川村さんのところだから、少しゆっくりしてきますね」

出前先は二軒隣のマンションに住んでいる友里恵らしい。世間話が好きな女性なので、出前に行くと、たいてい長くなるのだ。

「遅くなるけど、あとは頼むわね」

京香はそう言って芳雄の目を見つめてくる。

出前に行っている間に、告白しろと言いたいのだろう。応援してくれるのはありがたいが、心の準備ができていない。

（無理ですよ……）

目で訴えて、首を左右に小さく振る。だが、京香は微笑を浮かべると、さっさと出前に出かけてしまった。

2

「そろそろ閉めましょうね」

美和子は京香を見送ると、店の外に出て暖簾をさげた。

「吉浦さんも休憩してください。それにしても、ずいぶん仕事が早くなったんですね」

彼女の瞳はシンクに向けられている。

以前は洗いものが追いつかず、丼が山積みになっていた。でも今は、作業が早くなったばかりか、洗いかたも上達したと思う。

「洗い場は吉浦さんにまかせておけば安心ですね」

美和子に褒められて、くすぐったい気持ちになってくる。

しかし、今は京香にかけられた言葉が気になっていた。押しの一手と言っていたが、本当に美和子に通用するのだろうか。

（そもそも、すべてを受け入れる包容力が、俺にあるのか……）

自分に自信がないので、どんどん弱気になっていく。

そのとき、手が滑って丼を落としてしまう。床にたたきつけられて、大きな音とともに粉々に砕け散った。

「す、すみませんっ」

芳雄はすぐさま謝り、破片を拾うためにしゃがみこんだ。

「大丈夫よ。危ないから慌てないで」

美和子も腰を落として手伝ってくれる。その結果、狭いカウンターのなかで顔を寄せ合う格好になった。

「大切な丼を……すみません」

「気にしなくていいですよ。失敗は誰にでもありますから」

美和子がやさしく声をかけてくれる。顔が近いため、甘い吐息が鼻先をかすめた。

（ああっ、なんていい匂いなんだ）

密《ひそ》かに息を吸いこみ、彼女の香りを堪能《たんのう》する。

たったそれだけで、胸の鼓動が急激に速くなり、頭の芯がジーンと痺れはじめた。心臓が拍動するバクバクという音が、彼女の耳に届いてしまうのではないか。そう思うと、ますます緊張感が高まった。

(お、俺、やっぱり美和子さんのことが……)

熱い想いがふくれあがる。

つい美和子の艶やかな唇を見つめてしまう。もし口づけできたら、この世のものとは思えない高揚感を味わえるに違いない。だが、そんな機会がないのもわかっている。だからこそ、なおさら妄想がひろがっていく。

「あっ……」

美和子が小さな声を漏らした。

破片を拾おうとして、彼女の指に触れてしまったのだ。頭のなかに妄想がひろがり、手もとをよく見ていなかった。

「し、失礼しました」

慌てて謝り、破片に手を伸ばす。そのとき、指先に鋭い痛みが走った。動揺するあまり、鋭い破片で切ってしまった。

「大変、血が出てるわ」

美和子は驚きの声をあげると、芳雄の手を取って引き寄せる。そして、出血している人さし指に唇をかぶせてきた。

「えっ……」

一瞬、自分の目を疑った。信じられないことが起きている。しかし、指先に感じる柔らかい唇の感触と熱い吐息は本物だ。

「な、なにを……」

いっぱく置いて、全身が燃えるように熱くなる。

美和子が睫毛をそっと伏せて、人さし指を口に含んでいるのだ。熱くて柔らかい舌が触れている。指先にねっとりからみつき、傷口をやさしく舐めまわしてきた。

(おおっ……)

芳雄は思わず腹の底で唸った。

唇に触れることができただけでも奇跡なのに、指を口に含んで舐めてくれているのだ。美和子の舌は、まるで熱したバターのように柔らかく、今にも蕩けそうな感触だった。

(まるで……フェ、フェラチオじゃないか)

心のなかでつぶやくと、なおさら興奮がふくれあがる。

柔らかい舌は傷口だけではなく、人さし指の先端をヌメヌメと這いまわっている。亀頭を舐められているところを想像して、ボクサーブリーフのなかでペニスが急速に硬くなった。

美和子は目もとを桜色に染めている。その表情が色っぽくて、思わず見惚れてしまう。だが、このままというわけにはいかない。

「あ、あの……」

遠慮がちに声をかける。すると、美和子が顔をあげて、唇と指の間で透明な唾液が糸を引いた。

指先はしっとり濡れており、傷口に微かに血が滲んでいる。なぜ彼女がここまでしてくれるのかわからない。とにかく、芳雄の心臓は破裂しそうなほど拍動していた。

「ごめんなさい、わたし、つい……」

我に返ったのか、美和子の顔が見るみるまっ赤に染まっていく。そして、おどおどと視線をそらした。

「昔……夫によくこうしていたの」

その言葉が芳雄の胸に突き刺さった。

この牛丼屋は、もともと美和子の亡くなった夫が作った店だ。ときには厨房で指を切ることもあったのではないか。そういうとき、美和子が指を舐めてあげたのかもしれない。

(そうか……そういうことか)

芳雄は思わずうなだれる。

彼女は条件反射で指を舐めたにすぎない。当たり前のことだが、芳雄に気があるわけではなかった。

それでも、一度燃えあがった気持ちは、そう簡単には鎮まらない。指を舐められたことで、ボクサーブリーフのなかのペニスはますます屹立して、チノパンの前が大きなテントを張っていた。

「昔の癖って、なかなか抜けないものですね」

美和子は笑ってごまかそうとしている。しかし、頬の筋肉が微かにひきつっていた。

（きっと、美和子さんも……）

自分の思いがけない行動で、動揺しているに違いない。もしかしたら、少しは意識してくれたのではないか。そう思うと、京香にさんざん煽られたこともあり、一気に気分が高まった。

「み、美和子さん……」

もう、気持ちを抑えられない。好きで好きで、胸が張り裂けそうだ。たとえ受け入れてもらえなくても、この熱い想いを伝えたかった。

「お、俺――」

こうなったら告白するしかない。思いきって口を開いたとき、美和子が言葉を重ねてきた。

「夫がこのお店を遺《のこ》してくれたんです。だから、お店を守っていくのが、わたしの使命だと思っています」

唐突になにを言い出したのだろう。

芳雄のただならぬ雰囲気に気づいたのかもしれない。そのうえで、告白をやんわり拒んでいるのではないか。

「で、でも、そろそろ自分の幸せを考えてもいいんじゃないですか」

なんとか食いさがろうとする。京香から聞いた言葉を口にするが、彼女は悲しげな瞳で首を左右に小さく振った。

「わたしは、もう、おばさんだから……」

つぶやく声は弱々しい。

美和子は自嘲ぎみに笑うが、まだ三十五歳の未亡人だ。人生をあきらめるには早すぎる。

「美和子さんは、おばさんなんかじゃないです」

一カ月前、この店にふらりと入ったのが、すべてのはじまりだ。彼女の顔をひと目見た瞬間、恋に落ちていた。

「俺にとって美和子さんは、とても……とても素敵な女性です」

話しているうちに感情が昂り、芳雄は勢いのまま言い放った。

「吉浦さん……」

美和子は驚いた様子で目を見開いた。しかし、次の瞬間には表情をふっと緩めて、淋しげに微笑んだ。

「ありがとうございます。でも、わたしは夫に出会えて幸せでした。吉浦さんも、早くいい人が見つかるといいですね」

気持ちはわかっていると思う。それでも、美和子は聞き流そうとしていた。

(俺は、本気で……)

決して軽い気持ちではない。

彼女が五つ年上なのも、未亡人なのも、一途に亡夫を想いつづけていることも、すべてを含めて好きになったのだ。今さら、この気持ちをなかったことにはできなかった。

美和子は静かに立ちあがると、カウンターのなかに入っていく。もう、この会話を終わらせたいのではないか。

(そ、そんな……)

絶望感が胸にひろがっていく。

これまで、まともに告白などしたことはない。それでも、自分を奮い立たせてがんばった。はぐらかされても食いさがり、わずかな可能性にかけて粘ったつもりだ。それなのに、まるで相手にされなかった。

もう、立ちあがる気力すらない。だんだん彼女の前にいるのが恥ずかしくなってくる。ここから逃げ出したい衝動がこみあげてきた。

――女は押しに弱いの。迷ってないで押しの一手よ。

ふと京香の声が耳の奥によみがえった。

その言葉が、打ちひしがれていた芳雄の背中を押してくれる。まだ、あきらめるわけにはいかないのだ。

3

「待ってください」

芳雄は立ちあがると、美和子のあとを追いかける。カウンターに入り、激情にまかせて彼女を背中から抱きしめた。

「あっ……ど、どうしたんですか」

美和子が困惑の声を漏らして、微かに身をよじる。

だが、芳雄は女体にまわした手を離さない。それどころか、ますます腕に力をこめて抱きしめる。これが最後のチャンスだ。今を逃したら、彼女がどこか遠くに行ってしまう気がした。

「俺、本気です……本気で好きなんです」

熱い想いを言葉に乗せる。

とにかく、本気だということを伝えたい。それでも断られるのなら、きっぱりあきらめるつもりだ。しかし、きちんと告白しないまま、中途半端に終わるのだけはいやだった。

「よ、吉浦さん、落ち着いてください……手が」

美和子はしきりに身体をよじらせる。

なにか様子がおかしいと思ったとき、手が割烹着の胸のふくらみに重なっていることに気がついた。

「す、すみません……わざとじゃないんです」

慌てて謝罪するが、手を離すことはできない。

頭ではいけないと思っているのに、猛烈に惹きつけられてしまう。手のひらに触れているものが、とても貴いものに感じる。できることなら、ずっとこのままでいたい。

（み、美和子さんの……お、おっぱい……）

心のなかでつぶやくだけで、ますます気持ちが昂っていく。

密かに想いを寄せていた女性の乳房に触れている。何度も妄想してきたことが現実になっているのだ。この状況で平常心を保っていられるはずがない。思わず割烹着の上から乳房を揉みあげた。

「あンっ……い、いけません」

美和子がとまどった声を漏らして振り返る。

その瞳がしっとり濡れているから、芳雄の欲望はさらに加速してしまう。艶やかな唇を震わせて訴えかけてくるが、熱い気持ちは抑えられない。右手を彼女の頭にまわすと、ぽってりした唇にむしゃぶりついた。

「ンンっ……ダ、ダメです」

抗う声は弱々しい。美和子は腕のなかで身をよじるが、芳雄はますます強く抱きしめた。

(ああっ、美和子さんとキスしてるんだ)

蕩けそうな唇の感触に陶然となる。

本能にまかせて舌を伸ばすと、唇の隙間にねじこんでいく。美和子は拒もうとするが、強引に唇を割って舌を口内に侵入させる。すぐに彼女の舌をからめとり、粘膜を擦り合わせて吸いあげた。

「ンぅっ……はンンっ」

美和子は睫毛を伏せて、眉を困ったような八の字に歪めている。そんな悩ましい表情をされると、興奮はさらにふくれあがっていく。

彼女の柔らかい舌を思いきり吸いあげれば、とろみにある唾液が口内に流れこんでくる。芳雄は躊躇することなく嚥下して、メープルシロップのように甘い唾液を味わった。

「はンっ、ダ、ダメ……ダメです」

美和子はくぐもった声を漏らしている。身をよじっているうちに向きが変わり、いつしかふたりは正面から抱き合う格好になっていた。

芳雄は彼女の背中と後頭部に手をまわして、唇を貪りつづけている。柔らかい舌を吸いあげては、愛しい人の唾液をすすり飲む。そうしながら、再び割烹着の上から乳房を揉みしだいた。

「ンンンっ……」

密着した唇の隙間から、美和子の微かな呻き声が溢れ出す。

それでも、芳雄は構うことなくディープキスを継続して、彼女の口内を執拗にねぶりまわす。それと同時に乳房を揉みつづければ、少しずつ女体から力が抜けてきた。

もしかしたら、受け入れてくれるのかもしれない。そう思うと、さらに愛撫に熱が入る。しかし、そのとき美和子が大きく身をよじった。

「ま、待って、お願い……お鍋があるから……」

こんなときでも、彼女は鍋を心配している。その鍋には、亡夫が開発した秘伝の割下が入っているのだ。

美和子は夫の味を守るために、今日まで必死にがんばってきた。近くで見ているので、彼女がどれだけ情熱を注いでいるのかわかっている。しかも、割下は牛丼屋の命だ。鍋を気にするのは仕方がないと思う。

（でも、今くらいは……）

胸に淋しさがこみあげる。

ディープキスを交わしているときでさえ、美和子は割下のことを気にしていたのだ。亡くなった旦那に勝てるとは思っていない。でも、今だけでいいから、自分のことを見てほしい。

「ここから出ればいいんですね」

芳雄は美和子の手を握ると、カウンターから出て客席にまわった。

仮にも牛丼屋で一カ月働いてきたのだ。割下がいかに大切かはわかっている。鍋の近くで、あんなことをするべきではなかった。

「ここなら構いませんよね」

そう言うなり、再び女体を抱きしめる。すぐさま唇を重ねて、舌をヌルリッと差し入れた。

「はンンっ……」

美和子の抵抗は弱くなっている。

もう、拒んでも無駄だと思ったのか、それとも鍋から離れたことでほっとしたのだろうか。いずれにせよ、彼女の目は芳雄に向いていない。ただ、されるがままになっていた。

これほど想っているのに、まったく相手にしてもらえない。唇を離して見つめるが、美和子は視線を合わせようとしなかった。

（どうして……どうしてなんだよ）

焦燥感が募っていく。

想いが伝わらないもどかしさのなか、欲望だけは滾《たぎ》っている。ペニスは硬く屹立しており、スラックスの前はテントを張ったままだ。

（ク、クソッ……もう、どうにでもなれ）

捨て鉢な気持ちになってしまう。

集茶のフレアスカートを強引にまくりあげると、ストッキングに包まれた脚が見えてくる。太腿はむっちりして肉づきがよく、股間には白いパンティが透けていた。

「ダ、ダメです、これ以上は……」

美和子が今さらながら拒みはじめる。キスだけで終わると思っていたのかもしれない。予想外の展開になり、慌てて身をよじる。芳雄は逃がすまいと、左手で細い腰を抱き寄せて、右手を彼女の股間に滑りこませた。

「み、美和子さんっ」

「あンっ……ま、待って……」

美和子の唇から弱々しい声が溢れ出す。

なんとか逃れようと仰け反り、背後のカウンターに両手をついている。しかし、芳雄は腰にしっかり手をまわして引き寄せている。その結果、彼女は下半身を突き出す格好になっていた。

（俺を……俺だけを……）

せめて今だけでも、美和子の目を自分に向けさせたい。芳雄は激情にまかせて、ストッキングに爪を立てた。

ビリッ——。

化学繊維の裂ける音が響き渡る。内腿のつけ根のあたりだ。白くて柔らかそうな太腿が露出した。

「ああっ……は、恥ずかしい」

美和子は羞恥《しゅうち》の声をあげて、脚をぴったり閉じる。懸命にガードするが、その様子がますます牡の劣情を刺激した。

「お、お願い……お、落ち着いてください」

「俺は、美和子さんのことを本気で……クソッ」

芳雄は苛立ちにまかせて、さらにストッキングを引き裂いた。

股間に張りついたパンティが見えてくる。恥丘の緩やかなふくらみが生々しい。すかさず手のひらを重ねると、中指を内腿の隙間にねじこんでいく。脚を強く閉じているが、それでも指先はパンティの船底に到達した。

「はあぁッ」

女体がビクッと反応する。美和子は眉をせつなげな八の字に歪めて、顎を大きく跳ねあげた。

（ぬ、濡れてる……）

指先に確かな湿り気を感じる。

ディープキスで昂ったのかもしれない。三年前に夫が亡くなってから、独り身でがんばってきた。しかし、美和子も成熟した女性であることに変わりはない。解消できない欲望をためこんでいたのではないか。

(そういうことなら……)

芳雄はすかさず指先をパンティの船底に押しつけた。

ヌチュッという湿った音がして、指先が柔らかい部分に沈みこむ。布地ごしでも、そこが膣口だと確信する。押したり引いたりをくり返せば、仰け反った女体がビクビクと反応した。

「あっ……あっ……」

美和子の唇から遠慮がちな声が溢れ出す。

立った状態で背後のカウンターに両手をつき、芳雄に腰を抱かれている。股間をまさぐられて、女体が小刻みに震え出す。背中を仰け反らせるが、芳雄の指からは逃げられない。

「はンンっ……ダ、ダメです」

美和子が首を左右に振りたくる。

しかし、女体は確実に反応して、指先に感じる湿り気が強くなっている。薄い生地ごと指を押しこめば、膣口から新たな華蜜が染み出した。

「すごく濡れてますよ」

「そ、そんなはず……」

女体の反応を認めたくないらしい。目の下を桜色に染めながら、かすれた声で否定した。

それならばと、パンティの股布を脇にずらして女陰を露出させる。憧《あこが》れの女性の陰唇は、赤々として大量の華蜜にまみれていた。

「ほら、ぐっしょり濡れてるじゃないですか」

「ああっ……み、見ないでください」

美和子が腰をよじって恥じらうから、芳雄はなおさら前のめりになって凝視する。濡れそぼった女陰はもちろん、漆黒の陰毛がはみ出しているのも淫らで視線が引き寄せられた。

躊躇することなく陰唇に指を当てると、割れ目にそって撫であげる。とたんに女体が震えて、愛蜜の量がどっと増えた。

「あンンっ、も、もう……」

「美和子さんのここ、つゆだくになってますよ」

トロトロになった蜜穴に指を押しこんでいく。まったく抵抗なく根元まではまり、膣襞がいっせいにからみついてきた。

「あああッ、そ、そんな……」

美和子の喘ぎ声が店内に響き渡る。女体の震えが激しくなり、膣道のうねりも大きくなっていく。

「も、もうっ、あああッ、もうダメですっ」

指を挿入しただけなのに、今にも昇りつめそうだ。美和子は内腿で芳雄の手を挟みこみ、全身をブルブルと震わせた。

「はううッ、ダ、ダメっ、あああッ、はあああああッ！」

いっそう艶めかしい声をあげて、女体が大きく仰け反った。その状態で硬直したかと思うと、ビクンッ、ビクンッと反応する。膣内も激しく波打ち、指を思いきり締めつけた。

（す、すごい……あの美和子さんが……）

絶頂に達したのは間違いない。

本人も気づかないうちに、欲望をためこんでいたのではないか。指を挿入しただけで、瞬く間に昇りつめてしまった。

（よ、よし、今度は俺も……）

ペニスがこれ以上ないほど勃起している。

一刻も早く美和子とひとつになりたい。膣から指を引き抜き、スラックスをおろそうとする。そのとき、引き戸をノックする音が響いた。

「あっ……」

先に気づいたのは美和子だ。

入口のほうを向いて、顔を引きつらせている。芳雄もつられて見やると、引き戸の向こうに誰かが立っていた。

さげた暖簾を引き戸の内側にかけてあるので、外からは店内が見えないようになっている。顔は暖簾で隠れているが、下半身が見えていた。スカートを穿いているので女性なのは間違いない。もしかしたら、京香が出前から帰ってきたのだろうか。

（や、やばい……）

最悪のタイミングだ。芳雄が顔をひきつらせる横で、美和子は慌てて身なりを直す。そして、何事もなかったように入口の鍵を開けた。

「ず、ずいぶん、早いですね」

美和子が作り笑顔で声をかける。ノックしたのは、やはり京香だった。

「川村さん、急に用事ができたんですって」

そういうわけで、予定よりも早く帰ってきたらしい。京香は芳雄の顔を見ると、驚いたように目を見開いた。

異変に気づいたのかもしれない。芳雄は気まずくなり、無言のまま視線をそらした。

第五章　ふたりで歩む道

1

芳雄はいつものように牛丼屋の洗い場に立っている。

今日は京香が休みなので、美和子と芳雄のふたりだけだ。しかし、昨日のことがあり、気まずい空気が流れていた。

昨日の昼休み、想いを抑えきれず美和子を抱きしめてしまった。強引にキスをして身体をまさぐり、さらには膣に指を挿入した。京香が出前から戻ってこなければ、最後までいくつもりだった。

強引にセックスしなくてよかったと思うが、美和子に嫌われたのは間違いない。その証拠に、今日は一度も目を合わせてくれないのだ。思いあまって暴走した結果、最悪の結末を迎えてしまった。

京香は現場こそ見ていないが、なにかあったと勘づいたらしい。不穏な空気を察して、いつも以上に明るく振る舞っていた。彼女なりに気を使っていたようだ。

（どうして、あんなことしちゃったんだ……）

昨日のことが頭から離れず、ため息が何度も漏れてしまう。

美和子とは必要最低限の言葉しか交わしていない。やはり、もうこのアルバイトをつづけていくのは無理だろう。

美和子にクビを言い渡されるのはつらすぎる。せめて、最後は自分でけじめをつけたい。

（あのお客さんが帰ったら……）

客はカウンターにひとりいるだけだ。

あと五分ほどで午後二時の休憩時間になる。そのとき、アルバイトを辞める旨を伝えるつもりだ。

「女将さん、ビール、お代わり」

客の男が美和子に声をかけた。

黒いスーツに派手なネクタイを締めて、オールバックの髪をポマードで固めている。年齢は五十前後だろう。見るからに柄の悪い男だ。牛丼には箸をほとんどつけず、ビールばかり飲んでいる。

「どうぞ……」

美和子がビールの栓《せん》を抜き、カウンターごしに差し出した。

「こっちに来て、お酌してくれ」

男は顔をあげると、野太い声で言い放った。

なにかいやな予感がする。もともと美和子が目当ての客は多いが、この男は普通と違う。サラリーマンに見えないどころか、なにやら危険な雰囲気が漂っている。

美和子も素直に従ったほうがいいと判断したのだろう。素直にカウンターから出て、男の隣の席に腰かけた。そして、ビールをコップに注いでいく。すると、男はいきなり彼女の腰を抱き寄せた。

「あっ……」

美和子が小さな声をあげる。しかし、男は構わず、割烹着の上から腰を撫でまわした。

「牛丼屋の女将にしちゃあ、いい身体してるじゃねえか」

下卑た声が店内に響き渡る。さらに男は無遠慮に乳房を揉みはじめた。

「な、なにしてるんですか」

芳雄は恐怖に震えながらも、カウンターから飛び出した。

「なんだと」

すかさず男がすごんでくる。椅子から立ちあがると、まるでプロレスラーのような巨体だった。

(や、やばい……)

とてもではないが太刀打ちできない。丸太のように太い腕で殴られたら、一発で吹っ飛んでしまう。膝が小刻みに震え出すが、それでも芳雄は一歩も引かなかった。

「み、美和子さんから離れろ……け、警察を呼ぶぞ」

勇気を振り絞って言い放つ。しかし、男はニヤリと笑うだけで、芳雄のことなどまるで相手にしない。椅子に座り直すと、再び割烹着の上から乳房をこってり揉みあげた。

「ンンっ……や、やめてください」

美和子の抗う声は弱々しい。突然のことに驚き、困惑していた。

「減るもんじゃねえし、けちけちするなよ」

男は好き放題に女体をまさぐっている。芳雄のことなどまるで眼中にないようだ。

「そ、それ以上、美和子さんに触ったら許さないぞ」

ここで引きさがるわけにはいかない。芳雄は恐怖に駆られながらも立ち向かう。美和子を助けたい一心だった。

「おまえ、いい度胸してるな」

男は芳雄をギロリとにらみ、ジャケットの内側に手を差し入れた。

いったい、なにを出すつもりだろうか。ナイフか拳銃《けんじゅう》かもしれない。普通ならあり得ないが、この男なら持っていても不思議ではない。必死の思いで身構えるが、内ポケットから取り出したのは長財布だった。

「ごちそうさん、釣りはいらねえよ」

男は一万円札をカウンターに置くと、意外にもあっさり立ちあがった。店を出る直前、立ちつくしている芳雄の肩をバシッとたたいた。

「痛っ……」

「がんばれよ」

芳雄にだけ聞こえる低い声で言うと、男はニヤリと笑った。

どうやら、ただ美和子をからかっただけらしい。芳雄は全身から力が抜けて、へたりこみそうになった。

（た、助かった……）

しかし、呆けている場合ではない。からまれて本当に怖い思いをしたのは、自分ではなく美和子のほうだ。

「あの……大丈夫ですか」

遠慮がちに声をかける。美和子は椅子に座ったまま、肩をすくめていた。

「は、はい……」

美和子の声は消え入りそうなほど小さい。頬の筋肉がひきつっており、身体が小刻みに震えていた。

できることなら彼女を抱きしめたい。しかし、そんなことをすれば、先ほどの男と同じになってしまう。もう二度と、彼女の望まないことはしないと心に誓っていた。

「あ、ありがとうございます」

震える声で礼を言う美和子が、かわいそうでならない。

女性ひとりで店を経営するむずかしさを目の当たりにした。こういうとき、守ってくれる男がいれば、どんなに心強いだろうか。

（そんな男に俺がなれれば……）

胸底でつぶやき、虚しさがこみあげる。

自分にそんな資格はない。昨日、強引に抱きしめて拒まれたのだ。もう、アルバイトを辞める覚悟を決めていた。

「暖簾をさげますね」

美和子がぽつりとつぶやいて立ちあがる。その直後、彼女の身体がグラリと傾いた。

「危ないっ」

芳雄はとっさに肩を抱いて支えると、再び椅子に座らせた。

「大丈夫ですか」

呼びかけるが返事はない。美和子はつらそうに目を閉じていた。

顔から血の気が引いている。唇も青白くなっており、見るからに具合が悪そうだ。

「美和子さんっ」

これは、ただごとではない。美和子を病院に連れていくため、すぐに電話でタクシーを呼んだ。


美和子は病院のベッドに横たわり、点滴を受けている。芳雄は丸椅子に腰かけて、彼女の顔を見つめていた。

最初は苦しげに眉根を寄せていたが、少しは楽になったらしい。今は睫毛を伏せて、静かに寝息を立てている。

医者には過労だと言われた。しっかり栄養を摂《と》って安静にしていれば回復すると言われたが、心配でならない。やはり、彼女には支える人が必要なのではないか。

（よっぽど無理をしていたんですね）

芳雄は心のなかでつぶやいた。

本当は今日、アルバイトを辞めるつもりだった。自分は洗いものしかできないが、それでも少しは助けになっていると思う。今、辞めてしまったら、美和子の負担が増えるのは間違いない。

（もうちょっとだけ、つづけてもいいですか）

ここで放《ほう》り出すのは違う気がする。

振り向いてもらえなくてもいい。少しでも力になりたい。眠っている美和子の手をそっと握り、胸のうちで語りかけた。

2

翌日、芳雄はいつものように牛丼屋の洗い場に立っていた。

カウンター内に美和子の姿はない。大事を取って自宅療養している。本人は働く気でいたが、芳雄と京香が休むように説得したのだ。そして、今日は京香と芳雄がふたりで店を切り盛りしていた。

「あと少しね」

京香がほっとした様子で語りかけてくる。

この日は身体にフィットするジーパンに白いTシャツ、その上に赤いエプロンをつけている。むちむちした女体が魅力的だが、今日はほかのことに意識が向いていた。

「どうなることかと思ったけど、なんとかなったわね」

「はい……」

芳雄は返事をしながら時計に視線を向けた。

もうすぐ、閉店時間の夜十時になろうとしている。なんとか、一日を乗りきることができた。

「元気ないじゃない」

京香が顔をのぞきこんでくる。芳雄は慌てて視線をそらすと、洗いものを再開した。

「べ、別に、そんなことないですよ」

「てっきり美和子さんのことが気になってるのかと思ったわ」

京香は口もとに笑みを浮かべている。芳雄の気持ちをわかっていながら、わざとからかってきたのだ。

「このあと、お店を閉めてから、美和子さんの様子を見に行くの。吉浦くんもいっしょに行くでしょ」

それは魅力的な提案だ。

京香は美和子の家を知っているらしい。ついて行きたいが、強引に迫ったことが気になってしまう。美和子にいやがられないか心配だ。

「なに深刻な顔してるのよ。ただ、お見舞いに行くだけじゃない」

京香が肩をポンとたたいてくる。いつも、こうしてさりげなく背中を軽く押してくれるのだ。その気遣いがうれしかった。

「い、行きます」

芳雄が答えると、京香はにっこり微笑んだ。

「素直でよろしい。じゃあ、お店を閉めて向かいましょう」

「はいっ」

閉店時間になり、ふたりで手分けして掃除に取りかかる。そして、一時間後には店をあとにした。

「でも、こんな時間に行って大丈夫でしょうか」

隣を歩く京香に問いかける。すでに夜十一時をすぎていた。

「行くって伝えてあるから大丈夫よ」

あらかじめ、事前に連絡を取っていたらしい。店から徒歩十分ほどの場所に住んでいるという。

「好きなら告白しちゃえばいいじゃない」

世間話をするような感じで、唐突に京香がつぶやいた。

彼女は一昨日の出来事を知らない。報告したら怒られるだろうか。だが、応援してくれているのに、黙っているのは悪い気がする。

「じつは――」

芳雄は思いきって切り出した。

怒られるのを覚悟して、一昨日の出来事を報告する。京香は黙って最後まで聞いていた。

「へえ、意外とやるじゃない」

予想外の言葉だった。

京香はなぜか微笑を浮かべて満足げにうなずいている。説教されると思っていたが、まったくそんなことはなかった。

「それなら、いけるかもしれないわね」

「ど、どうしてそうなるんですか」

「だって、それでもクビになってないのよ」

「そ、それは……きっと、人が足りないから」

からかわれている気がして、むきになって言い返す。ところが、京香は真剣な瞳で見つめてきた。

「じゃあ、あきらめるのね」

芳雄は思わず黙りこむ。すると、京香は再び柔らかい笑みを浮かべた。

美和子が住んでいるというマンションに到着した。

「こんばんは。具合はどうですか」

玄関先で京香が声をかける。すると、美和子は微笑を浮かべてうなずいた。

「おかげさまで、ゆっくり休めました」

顔色がよくなっている。それを見て、芳雄は胸をほっと撫でおろした。

この日の美和子は、深緑のフレアスカートにクリーム色のセーターという格好だ。Vネックから乳房の谷間がチラリとのぞいていた。

「どうぞ、お入りください」

美和子が玄関ドアを大きく開いてくれる。芳雄は緊張しながらも、京香につづいて部屋のなかに足を踏み入れた。

間取りは2LDKで、リビングは狭いが掃除が行き届いている。物が少ないのは質素に暮らしている証拠だろう。テレビとローテーブル、それにサイドボードとふたりがけのソファがあるだけだ。

勧められてソファに腰かける。そのとき、京香の携帯電話にメールの着信があった。

「夫からだわ。すぐに帰ってこいって」

メールを確認すると、京香はそそくさと帰り支度をはじめた。

「ちょ、ちょっと待ってください」

芳雄は慌てて引き止めようとする。ところが、京香は芳雄にだけ見えるようにウインクした。

「悪いけど、あとはお願いね」

どうやら、芳雄と美和子をふたりきりにするつもりらしい。彼女なりに気を使ったのだろう。京香はあっさり帰ってしまった。

美和子が紅茶を入れて、ソファに並んで腰かけた。芳雄は極度の緊張で隣を見ることもできない。

「最近、旦那さんと仲がいいみたいですね」

美和子がぽつりとつぶやいた。

以前、京香は旦那が浮気をしていると言っていた。だが、なんとか元サヤに収まったのかもしれない。

「結婚するといろいろあるけど、それも夫婦だから……」

そう語る美和子はどこか淋しげだ。きっと、亡き夫のことを思い出したのだろう。それきり、黙りこんでしまった。

「と、ところで、体調はいかがですか」

沈黙を恐れて、芳雄のほうから話しかける。すると、美和子の顔に微笑が浮かんだ。

「ずいぶんよくなりました。吉浦さんが病院に運んでくれたおかげです。本当にありがとうございます」

あらためて礼を言われると照れくさい。赤面しているのを自覚して、思わず顔を伏せた。

「明日からお店に出るつもりだったんです。でも、京香ちゃんがまだダメだって」

「俺も、しっかり休んだほうがいいと思います」

「それでね……京香ちゃんとも話したんだけど……」

美和子は言いにくそうにつぶやき、いったん口を閉ざして黙りこむ。そして、意を決したように再び口を開いた。

「吉浦さんが、これからもずっと働いてくれたら助かるって……」

予想外の言葉に驚かされる。いっしょに働けるのは魅力的な提案だが、美和子はどう思っているのだろうか。

「お、俺、あんなことしたのに……」

「あのときは、びっくりしたけど……うれしかったです」

潤んだ瞳で見つめられて、胸の鼓動が一気に速くなる。

「わたし、夫のことばかり話していたのに……いやな女ですよね」

「そ、そんなこと……」

芳雄が口を挟むと、美和子はすかさず首を左右に振った。

「ううん、吉浦さんの気持ちをわかっていたのに、気づかないふりをしていたんです……夫のことを、どうしても忘れられなくて」

申しわけなさそうに言うが、彼女の気持ちも理解できる。夫のことが心にあるのは当然だ。それを否定するつもりは毛頭ない。

「忘れる必要なんてないです。旦那さんを心から愛していた証拠ですから。俺は、そんな美和子さんのことが好きになったんです」

もう迷いはない。芳雄は彼女の瞳をまっすぐ見つめて言いきった。

「うれしい……ありがとうございます」

美和子の声が鼓膜を心地よく振動させる。涙ぐみながら微笑み、芳雄の手をそっと握ってきた。

「み、美和子さん……」

柔らかい手のひらの感触に陶然となる。突然のことに頭がついていかず、胸の鼓動だけが速くなっていく。

「昨日のお返しです。病院で、手をずっと握っていてくれたでしょう」

美和子の言葉に驚かされる。点滴をしているとき、てっきり眠っていると思った。だから、手を握ったのだが、じつは起きていたらしい。

「す、すみません、つい……」

元気になってもらいたい一心だった。手を握ったところで、どうにもならないのはわかっているが、少しでも力になりたかった。

「手を握ってもらって、心がとても温かくなったんです」

「お、俺、なにもできなくて……」

「吉浦さんの気持ちは伝わってきました。だから、今日はお礼をさせてくださいね」

美和子は柔らかい笑みを浮かべると、芳雄の手を握ったまま立ちあがる。そして、隣の寝室へと導いた。

3

ふたりはベッドの前で、向かい合って立っている。視線がからまり、熱い気持ちが急速にふくれあがっていく。

寝室のなかを照らしているのは、サイドテーブルのスタンドだ。オレンジがかった淡い光がひろがっている。白いシーツが敷かれたベッドと鏡台が、妙に生々しく映った。

「わたしに、まかせてもらえますか」

美和子がシャツのボタンをはずしてくれる。上半身を裸にすると、しゃがみこんでベルトを緩めていく。チノパンを引きさげられたときには、すでにペニスが芯を通してボクサーブリーフの前が盛りあがっていた。

「もうこんなに……」

「す、すみません」

羞恥にまみれてつぶやくと、美和子はにっこり微笑んでくれる。そして、ボクサーブリーフに、ほっそりした指をかけてきた。

「いいんですよ。興奮してくれたんですね」

美和子の手により、最後の一枚がゆっくりおろされる。すると、硬直した肉棒がブルンッと勢いよく跳ねあがった。

「ああっ、素敵です」

美和子の唇から、ため息にも似たつぶやきが溢れ出す。

情熱的な眼差しが、亀頭から太幹にかけてを這いまわる。やがて、美和子は恐るおそるといった感じで、太幹の根元に細い指を巻きつけた。

「うっ……」

軽く触れられただけでも声が漏れてしまう。憧れの女性がペニスを握ってくれたと思うと、尿道口から透明な汁がじんわり滲み出した。

「硬い……それに、すごく熱いです」

美和子がうっとりつぶやき、股間に顔を寄せてくる。吐息が亀頭に吹きかかり、ゾクゾクするような快感がひろがった。

（ま、まさか……）

期待がふくらむと同時に、ペニスもますますふくらんでいく。亀頭は水風船のように張りつめて、さらなる我慢汁が溢れ出した。

「こういうことするの、久しぶりなの……」

美和子は唇が亀頭に触れる寸前で動きをとめると、消え入りそうな声でささやいてくる。

夫が亡くなったのは三年前だ。以来、貞操を守ってきたのだろう。つまり、少なくとも三年は情事から遠ざかっていたことになる。

「下手でもがっかりしないでね」

美和子は自信なさげに言うが、がっかりなどするはずがない。現に彼女の唇が迫っているだけで、我慢汁がとまらなくなっているのだ。すると、美和子は睫毛を伏せて、亀頭の先端にそっと口づけしてくれた。

「ううッ」

柔らかい唇が触れた瞬間、電流のような快感が背すじを駆け抜ける。

「ンっ……はむっ」

美和子は亀頭に密着させたまま、唇をゆっくり開いていく。柔らかい唇が亀頭の表面を滑り、やがて巨大な肉塊をぱっくり咥えこんだ。

（み、美和子さんが、俺のチ×ポを……）

己の股間を見おろして、芳雄は思わず心のなかで唸った。

あの美和子が亀頭を口に含み、さらに奥まで呑みこんでいく。唇をじりじりスライドさせて、ついには肉柱を根元まで口内に収めた。

「あむぅっ」

美和子は苦しげな声を漏らすが、ペニスを吐き出そうとはしない。それどころか、舌を太幹にからみつかせてくる。唾液をたっぷり塗りつけては、頬がぼっこり窪むほど吸いあげてきた。

「くううッ、す、すごい……おおおッ」

彼女の唇が肉棒の表面を擦りあげる。唾液まみれになったところをヌルヌルしごかれて、新たなカウパー汁が溢れ出した。

「あふっ……はむンっ」

美和子は勃起した男根を咥えたまま、甘ったるく鼻を鳴らす。

大量の我慢汁が口内に溢れているのに、いやがる様子はまったくない。それどころか、尿道口まで舐めまわして、カウパー汁を嚥下していく。

「ううッ、み、美和子さん……」

とてもではないが黙っていられない。蕩けそうな快楽がひろがり、芳雄は情けない呻き声を漏らした。

「そ、そんなにされたら、俺……」

あっという間に達してしまいそうだ。懸命に訴えるが、美和子は首ふりの速度をあげていく。ジュポッ、ジュポッという淫らな音が寝室に響き渡り、ますます気分が盛りあがった。

「き、気持ちいいっ」

唾液まみれになった男根を唇でしごかれる。しかも、股間を見おろせば、ペニスを咥えた美和子の顔を拝めるのだ。

（こ、これ以上は……）

射精欲が急激にふくれあがっていく。限界が目の前に迫っていると思った直後、美和子が根元まで咥えたペニスを猛烈に吸い立てた。

「おおッ、おおおッ」

芳雄はたまらず呻き声を漏らして腰を引く。ところが、彼女はペニスを咥えたまま放さない。これでもかと吸われて、ついに快感が爆発した。

「で、出るっ、出る出るっ、おおおッ、くおおおおおおッ！」

唸りながら精液を放出する。美和子は射精に合わせてペニスをさらに吸うと、濃厚な粘液を躊躇することなく飲みくだした。

（す、すごい……）

脳髄まで蕩けそうな快楽だ。

美和子に精液を飲まれて、全身がガクガク痙攣した。だが、これで興奮が鎮まったわけではない。芳雄は快楽の余韻に浸ることなく、彼女の手を取って立ちあがらせた。

「わたしは……」

美和子はとまどった声を漏らすが抵抗しない。

セーターをまくりあげて首から抜き取ると、純白のブラジャーに包まれた乳房が現れた。柔肉がカップで寄せられて、深い谷間を形作っている。身じろぎするたび、タプタプと柔らかそうに波打った。

「は、恥ずかしいです」

美和子は顔をまっ赤に染めると、胸もとを両腕で隠してしまう。その隙に、芳雄はスカートをおろしにかかる。ゆっくり引きさげれば、純白パンティが見えてきた。

「ああっ……」

美和子は内腿をぴったり閉じて、片手で股間を覆い隠す。そうやって恥じらう姿が、ますます牡の欲望を煽り立てた。

「美和子さんのすべてが知りたいんです。全部見せてください」

芳雄は女体を抱きしめて、背中に手をまわしていく。

ブラジャーのホックをはずすと、とたんにカップが弾け飛び、たっぷりした乳房がまろび出る。下膨れした釣鐘形の大きな乳房だ。なだらかな曲線を描く白いふくらみの頂点では、濃い紅色の乳首が揺れていた。

「ああっ……」

美和子は恥ずかしげに身をよじるが、芳雄は構うことなくパンティに指をかける。じりじり引きさげると、彼女の唇から羞恥の声が溢れ出す。

「ま、待ってください……」

その直後、黒々とした陰毛が露出する。自然にまかせているのか、濃密に生い茂っていた。

（こ、これが、美和子さんの……）

芳雄は思わず目を見開いて唸った。

恥丘は肉厚でふっくらしており、ジャングルのような秘毛が覆いつくしている。清楚な未亡人の意外な姿を目にして、さらに気分が高まった。

「み、見ないでください……お願いです」

美和子が今にも泣き出しそうな声で懇願する。

眉を八の字に歪めて、瞳には涙がいっぱいたまっていた。そんな顔をされると、ますます見たくなる。芳雄は全裸に剝いた女体をベッドに横たえた。膝の間に入りこんで正座をすると、彼女の脚をM字形に押し開いていく。

「ああっ、こ、こんな格好……ゆ、許してください」

美和子の訴えを無視して、股間をまじまじとのぞきこんだ。

二枚の女陰は赤々としており、たっぷりの華蜜で濡れ光っている。ペニスをしゃぶったことで興奮したのか、割れ目から透明な汁がジクジクと湧き出していた。

（あ、あの美和子さんが、こんなに濡らして……）

普段の淑やかな姿からは想像がつかない光景だ。芳雄は興奮にまかせて、濡れそぼった女陰にむしゃぶりついた。

「うむむッ」

「ああッ、ダ、ダメです、あああッ」

口では抗うが、身体は確実に反応している。柔らかい陰唇を舐めあげれば、内腿に小刻みな痙攣が走り抜けた。

「はンンっ、そ、そんなところ……」

美和子の唇からとまどいの声が溢れ出す。感じているのは明らかで、恥裂からは岩清水のように華蜜が流れていた。

「これが気持ちいいんですね」

彼女の反応に気をよくして、二枚の女陰を交互に舐めまわす。さらには舌先でクリトリスを捕らえると、唾液を塗りつけてねちっこく転がした。

「あッ……あッ……」

美和子が切れぎれの声を漏らして、下腹部を波打たせる。

しばらく男から愛撫を受けていないのだ。成熟した未亡人の女体は、瞬く間に蕩けていく。肉芽はピンピンにとがり勃ち、まるでお漏らしをしたように愛蜜を垂れ流していた。

(美和子さんが、俺の舌で感じてるんだ……)

興奮しているのは芳雄も同じだ。口を陰唇に密着させると、華蜜をジュルルッと吸いあげた。

「ああッ、い、いいっ」

美和子の声がいっそう艶を帯びる。股間を迫りあげると、両手を伸ばして芳雄の頭を抱えこんだ。すかさず、とがらせた舌を膣口に埋めこめば、女体の痙攣が激しくなった。

「はああッ、も、もうダメっ、イクッ、イクううッ!」

泣くような声をあげて、美和子が昇りつめていく。内腿で芳雄の顔を挟みこみ、女体を艶めかしくよじらせる。芳雄は舌先で膣襞を舐めまわし、次々と溢れる華蜜をすすり飲んだ。

4

美和子のハアハアという乱れた息遣いが寝室に響いている。スタンドのぼんやりした光が、彼女の蕩けきった顔を照らしていた。

（や、やった……美和子さんをイカせたんだ）

芳雄は思わず心のなかで唸った。

自分の愛撫で美和子が達したと思うと、腹の底から悦びが湧きあがる。一度射精したのに勃起したままの男根が、さらにひとまわり大きくなった。

「吉浦さん、今度はいっしょに……」

美和子が恥ずかしげな声で話しかけてくる。まだ絶頂の余韻のなかを漂っているのか、瞳は膜がかかったようになっていた。

「横になってください」

芳雄は彼女に言われるまま、仰向けになった。

すると、美和子が逆向きになって覆いかぶさってくる。芳雄の顔をまたいだことで、愛蜜まみれの女陰が目の前に迫ってきた。彼女は屹立したペニスに顔を寄せる格好だ。熱い吐息が張りつめた亀頭に吹きかかる。

(こ、これって、シ、シックスナインじゃないか)

芳雄は女陰を凝視しながら胸底で叫んだ。まさか、美和子がこんな卑猥なプレイを求めてくるとは思いもしない。

「はしたなくて、ごめんなさい……ああっ、でも、わたし……」

美和子は喘ぎまじりにつぶやき、太幹の根元に指を巻きつける。そして、もう待てないという感じで、さっそく亀頭を咥えこんできた。

「ああっ、大きい……はむンンっ」

「おおおッ」

またしても快感が走り抜けて、彼女の尻たぶを抱えこんだ。

美和子は三年も喪に服してきたが、じつは熟れた女体を持てあましていたらしい。濃厚なクンニリングスで、抑えていた欲望に火がついたのだろう。さらなる快楽を求めて、恥裂から大量の愛蜜を垂れ流していた。

(そういうことなら、もう遠慮はいらないな)

昂っているのは芳雄も同じだ。

首を持ちあげると、目の前の女陰にむしゃぶりつく。まずは唇を密着させて、華蜜を猛烈に吸いあげる。そして、とろみのある果汁で喉を潤した。

「あふっ……あむンっ」

美和子も夢中になってペニスを舐めまわしている。唇で太幹をしごいては、先端から溢れるカウパー汁を躊躇することなくすすり飲んだ。

「そ、そんなにされたら……ううッ」

「ああっ、わたしも……き、気持ちいいです」

芳雄が快楽の呻きを漏らせば、美和子も喘ぎ声を振りまく。

相互愛撫で同時に高まるが、すでにふたりとも絶頂に達しているため、簡単に昇りつめることはない。互いの性器を念入りにしゃぶることで、ゆっくり確実に昇っていく。

「あッ……あッ……よ、吉浦さんっ」

美和子のすすり泣くような声が、芳雄をますます奮い立たせる。とがらせた舌を膣口にねじこむと、熟れた女体が凍えたように震えて、喘ぎ声がいっそう高まった。

「ああぁッ、い、いいっ、すごくいいですっ」

美和子は貞淑な未亡人の仮面をかなぐり捨てて、快楽を貪り出す。欲望を隠すことなく、再びペニスを口に含んで首を振りはじめた。

「お、俺も気持ちいい……くううッ」

芳雄も愛撫の合間に呻き声を響かせる。シックスナインの快楽は、牡の欲望を猛烈な勢いで煽り立てた。

(美和子さんと、ひとつに……)

もう、それしか考えられない。ペニスは鉄棒のように硬くなり、我慢汁がとまらなくなっていた。

「お、俺……もう、我慢できません」

芳雄は女陰から口を離すと、かすれた声で呼びかける。

「わたしも……吉浦さんと……」

美和子もペニスを吐き出して、熱っぽくささやいた。

隣で仰向けになって膝を立てると、自ら脚を開いていく。あの美和子が誘っているのだ。

「み、美和子さんっ」

もう、欲望を抑えられない。芳雄は女体に覆いかぶさり、屹立した男根の切っ先を膣口にあてがった。

「あうッ……ひ、久しぶりだから、ゆっくり」

美和子が潤んだ瞳で訴えてくる。しかし、女壺は待ちきれない様子で、トロトロに蕩けきっていた。

「い、いきますよ……うむッ」

軽く体重をかけるだけで、亀頭が滑るようにはまりこむ。いちばん太いカリの部分も簡単に入り、膣口がキュウッと締めつけてきた。

「ああッ……お、大きいっ」

美和子が眉を八の字に歪めて、女体を硬直させる。久しぶりの挿入で身体が驚いているらしい。それでも、艶めかしく腰をよじりはじめた。

「あンっ……も、もっと奥まで」

喘ぎながらねだってくる。女体に火がついているのは明らかだ。芳雄は体重を浴びせかけると、太幹をズブズブと埋めこんだ。

「あううッ」

美和子の顎が大きく跳ねあがる。ペニスが根元まで入り、亀頭が膣の最深部に到達していた。

(や、やった……ついに美和子さんとひとつになったんだ)

感激と感動がこみあげてくる。熱い媚肉にペニスを包まれて、好きな人とひとつになった一体感がひろがっていく。それと同時に、強烈な快感の波が押し寄せてきた。

「こ、これは……くううッ」

膣が意志を持った生物のように蠢きはじめる。無数の膣襞が太幹の表面を這いまわり、膣道全体が激しくうねる。とっさに尻の筋肉に力をこめて、突如として盛りあがった射精欲を抑えこんだ。

じめた。

「ああンっ……う、動いてください」

美和子が甘い声でピストンをねだってくる。そして、自ら股間をしゃくりは
じめた。

「ああっ、お願いです」

「う、動きますよ……くううッ」

芳雄は次々と押し寄せてくる快楽に耐えながら、慎重に腰を振りはじめた。

「ああッ……ああッ……」

美和子の唇から喘ぎ声が溢れ出す。

正常位で深い場所までつながっているのだ。ペニスが出入りするたび、彼女
の白い下腹部が大きく波打った。

「あああッ、す、すごい……ああンっ、素敵です」

「おおっ、し、締まってきましたよ」

唸り声を抑えられない。これまで経験したことのない強烈な締めつけだ。ま
るでペニスを咀嚼《そしゃく》するように、濡れた女壺が蠕動《ぜんどう》している。気を抜いたとたん
に暴発しそうで、懸命に耐えながら腰を振りつづけた。

「ああッ、そ、そんなに……あああッ」

「み、美和子さん……くうううッ」

「ああッ、も、もう……あああッ、ダメですっ」

美和子が切羽つまった声をあげる。愛蜜の量が増えて、膣の締まりがいっそう強くなった。どうやら絶頂の波が押し寄せてきたらしい。

(よ、よし、もうひと息だ)

芳雄はここぞとばかりに気合を入れて、怒濤《どとう》のピストンをくり出した。全力で腰を振り、ペニスを女壺の奥までたたきこんだ。

「あああッ、い、いいっ、はあああッ、いいっ」

女体がブリッジするように大きく仰け反った。美和子は両手で芳雄の腰をつかみ、思いきり爪を立ててくる。その痛みさえ刺激になり、ピストンがさらに加速した。

「も、もうっ……くおおおッ」

「あああッ、は、激しいっ、ああああッ」

喘ぎ声が大きくなり、寝室に響き渡る。反り返った女体が痙攣して、ペニスが締めつけられた。

（くううッ、ま、まだ……まだダメだ）

先に美和子を絶頂に導きたい。芳雄は懸命に耐えながら、男根の切っ先で膣奥をえぐりまわした。

「ひあああッ、い、いいっ、イクッ、イクッ、あぁあああああッ！」

ついに最後の瞬間が訪れる。美和子の唇から艶めかしいアクメのよがり泣きがほとばしり、女体がガクガク震え出す。それと同時に、彼女の股間から透明な汁がプシャアアッと勢いよく飛び散った。

（し、潮……潮を噴いたんだっ）

芳雄は思わず両目をカッと見開いた。

いわゆる「ハメ潮」というやつだ。狙《ねら》ったわけではない。まさか、潮を噴かせることができるとは思いもしなかった。

芳雄の下腹部は、美和子が放った透明な汁でグッショリ濡れている。彼女は自分が潮を噴いたことに気づいていないらしい。焦点の合わない瞳を宙に向けて、ハアハアと呼吸を乱していた。

「今度は美和子さんが上になってくれますか」

芳雄はまだ達していない。ペニスを抜かずに女体を抱き起こすと、自分は仰向けになって騎乗位に移行した。

「ああンっ、奥まで来てる」

美和子の背すじが反り返り、双つの乳房がタプンッと弾む。乳首は硬くとがり、乳輪までドーム状に隆起していた。

両膝をシーツにつけた騎乗位だ。自分の体重がかかることで、ペニスがより深くまで突き刺さっているのだろう。美和子は両手を芳雄の腹に置き、唇を半開きにして喘いだ。

「こ、こんなに深く……あううっ」

「すごく締まってます。奥が好きなんですね」

芳雄が尋ねると、美和子は恥ずかしげに視線をそらす。しかし、結合を解くことなく、腰をゆったり振りはじめた。

「あッ……あッ……」

陰毛を擦りつけるような前後動だ。股間を密着させたまま、快感だけがふくれあがっていく。

「うおッ……き、気持ちいいっ」

芳雄は両手を伸ばして、乳房をこってり揉みあげた。

まるでマシュマロのように儚い感触だ。硬くなった乳首を摘まむと、膣の締まりが強くなった。

「あああッ、いいっ」

美和子は騎乗位で深くつながり、腰を艶めかしく前後に振っている。結合部分からは、ニチュッ、クチュッという湿った音が響いていた。

(あの美和子さんが、俺の上で……)

芳雄は夢のような光景を見あげて、心のなかで唸った。

美和子が腰を振っている。ペニスが根元まで突き刺さり、女壺のなかでこねまわされているのだ。たっぷりした乳房を揉みあげては、硬くなった乳首を指先で摘まみあげる。こよりを作るように転がせば、女体が敏感にヒクヒクと反応した。

「ああッ、ち、乳首、ダメです」

美和子が腰をよじりながら小声でつぶやく。ペニスは深く埋《うず》まったまま、亀頭は膣の行きどまりまで到達していた。

「どうして、ダメなんですか」

指先に少しだけ力をこめて、双つの乳首をキュッと刺激する。とたんに、女体が弓なりにのけぞった。

「あああッ、か、感じすぎちゃうから、はあああッ」

美和子はいっそう大きな喘ぎ声を放つと、両膝を立てて腰を上下に振りはじめた。

「もっと感じてください、ううウッ、そ、それ、やばいですっ」

芳雄は慌てて全身の筋肉を硬直させる。そそり勃った肉柱が女壺にズブズブと出入りをくり返し、より激しい快感が湧きあがった。

「あンっ、あンっ……いいっ、気持ちいいっ」

美和子はリズミカルに腰を振り、一心不乱にペニスを貪っている。熟れた女体はさらなる快楽を求めているらしい。膣は猛烈に収縮して、太幹をこれでもかと食いしめていた。

「そ、そんなにされたら……み、美和子さんっ」

芳雄は額に汗を浮かべて訴える。一気に余裕がなくなり、今にも昇りつめそうだ。両脚をつっぱらせて、奥歯が砕けそうなほど食いしばった。

「よ、吉浦さん、わたしも……ああァッ、ま、また」

美和子にも限界が迫っているらしい。先ほど達したばかりなのに、またしてもアクメの予感に震えていた。

「ああッ、こ、今度はいっしょに……吉浦さんといっしょに……お、お願いします」

美和子が潤んだ瞳で懇願する。芳雄も愛する人といっしょに達したい。

「くうぅッ、み、美和子さんっ」

彼女のくびれた腰をつかむと、真下から男根を突きあげる。膣奥をえぐりまわせば女壺がうねり、ペニスがギリギリと締めつけられた。

「おおおッ……おおおおッ」

「い、いいいっ、あああッ、いいっ、すごいのぉっ」

美和子が手放しで喘ぎ、汗ばんだ女体が痙攣する。ついにエクスタシーの嵐が吹き荒れて、ふたりを瞬く間に愉悦の彼方へと巻きあげた。

「くおおおッ、も、もうっ……おおおッ、ぬおおおおおおッ!」

「い、いいいっ、あああッ、イクッ、あああッ、イクイクううッ!」

芳雄と美和子は息を合わせて、同時に昇りつめていく。

この世のものとは思えない快楽がふたりをやさしく包みこむ。ずっとこの悦楽に浸っていられるのなら、もう、ほかにはなにも望まない。身も心もひとつに溶け合った瞬間だった。

5

早いもので「牛丼の鈴屋」は今年最後の営業日を迎えていた。

「芳雄さん、お疲れさまです」

美和子は暖簾をさげると、やさしく声をかけてくれる。

今日も彼女は割烹着に三角巾という格好だ。呼びかたが「吉浦さん」から「芳雄さん」に変わっている。すでに何カ月も経っているが、いまだに呼ばれるたび、くすぐったい気持ちになった。

「美和子さんも、お疲れさまでした。来年は、俺が美和子さんのことを支えていけるようにがんばります」

芳雄は美和子の瞳をまっすぐ見つめて、熱い想いを言葉に乗せた。

先日から芳雄は鈴屋の正社員になっている。軽い気持ちではじめたアルバイトだったが、今は鈴屋に骨を埋める覚悟だ。まだ半人前だが、早く仕事を覚えて、いずれは美和子と籍を入れるつもりでいる。

京香はアルバイトをつづけているが、頻度は減っていた。夫と仲よくやっているので、それはそれで喜ばしいことだ。

「来年もよろしくお願いします」

美和子が柔らかい笑みを浮かべて、芳雄の手を握ってくる。彼女の体温が伝わり、今日一日、抑えてきた気持ちがふくれあがった。店内にいるのはふたりだけだ。もう、これ以上我慢できなかった。

「美和子さんっ」

名前を呼ぶなり、たまらず女体を抱きしめる。

「あンっ、家に帰るまで待って」

「そんなの無理です。今すぐひとつになりたいんです」

唇を重ねて、舌をヌルリと差し入れる。情熱的に口内を舐めまわし、割烹着の上から熟れた乳房を揉みあげた。

「わがまま言わないでください……ああンっ」

抗っているのは口先だけだ。美和子も積極的に舌をからめて、ねっとり吸いあげてきた。ディープキスを交わしつつ、乳房をこってり揉みしだく。それだけで女体から力が抜けて、美和子の瞳はトロンと潤んだ。

「もう……仕方ないですね」

彼女も昂ってきたのだろう。チノパンごしに股間を撫でてくる。すると、ペニスが瞬く間に芯を通して、むくむくとふくれあがった。

「お、俺、もう……」

スカートをまくりあげると、淡いピンクのパンティを引きさげる。漆黒の陰毛が露になり、興奮がさらに高まった。美和子もチノパンとボクサーブリーフをおろしてくれる。露出したペニスはこれでもかと勃起していた。

美和子を後ろ向きにしてカウンターに手をつかせる。剝き出しになった熟れ尻を抱えこみ、ペニスの切っ先を赤々とした女陰に突き立てた。

「あああッ」

「美和子さん、好きですっ、大好きなんですっ」

「わ、わたしも……わたしも大好きです、あああッ、い、いいっ」

美和子の唇から喘ぎ声がほとばしる。男根を歓迎するように、膣襞がいっせいにザワついた。

芳雄は感激しながら腰を振りまくる。愛する女性を貫き、濡れた媚肉をかきまわす。結合が深くなるほど、得られる愉悦は大きくなっていく。ふたりは息を合わせて、あっという間に絶頂の急坂を駆けあがった。

心を通わせたセックスで、かつてない快楽の頂《いただき》に到達した。

身も心もひとつになったと実感する。一生、この女性を守りつづけると、あらためて心に誓った。

※この作品は「日刊ゲンダイ」にて二〇二〇年八月三十一日から十二月二十八日まで連載されたものを大幅に加筆・修正したものです。

紅文庫

つゆだくでお願《ねが》い

葉月奏太《はづきそうた》

2021年5月15日　第1刷発行

企画／松村由貴（大航海）
DTP／遠藤智子

編集人／田村耕士
発行人／日下部一成
発売元／株式会社ジーウォーク
〒153-0051 東京都目黒区上目黒1-16-8 Yファームビル6F
電話 03-6452-3118
FAX 03-6452-3110

印刷製本／中央精版印刷株式会社

ISBN978-4-86717-170-7

三十年の欲望
うかみ綾乃
Ayano Ukami
最後に、間接セックスする?
濃密な時を分かつ男女三人の絶対地点……
湊人がその町で、昴と咲季に出会ったのは、四歳になる夏だった。他の子たちとは簡単に馴染まない性格の三人は、山で蝉の声が響く中、杉の巨木の下でよく遊んだ——。湊人は疼きに似た感覚を、昴と咲季の双方に覚えていく。ある日、圧倒的な性の衝動を伴う仄暗い事件を経て、柔らかで優しい関係が狂い始めた……。
定価/本体720円+税
紅文庫最新刊